Broken Dreams 2

Gabriella Goldberg

BROKEN DREAMS 2

Coming out

Verlag: BoD • Books on Demand GmbH,
In de Tarpen 42, 22848 Norderstedt
Druck: Libri Plureos GmbH, Friedensallee 273,
22763 Hamburg
ISBN: 978-3-7693-0021-5

Für Biggi, meinen Schmetterling

Prolog

Glaube nicht alles, was du selbst von dir denkst. Jeder Gedanke will wichtig und wahrgenommen werden, doch ist jeder Gedanke auch wirklich so wichtig zu nehmen und vor allem, entspricht es der Wahrheit? Wie viel Zeit wir doch damit verbringen, an unsere Gedanken zu denken. Das lenkt uns letztlich nur davon ab, im Hier und Jetzt zu leben.
Ich denke von mir, dass ich oft viele Gedanken zu sehr der Vergangenheit und der Zukunft widme. Habe mittlerweile herausgefunden, dass es wichtig ist, was man dabei fühlt, bei jedem Gedanken. Denn die Gefühle kreieren unsere Realität, gemäß dem Gesetz der Resonanz. Also glaube nicht alles, was du selbst von dir denkst. Fühle, was du selbst von dir hältst, fühle, was dich ausmacht, was dir Freude bereitet. Alles andere lass weg.

Coming out

KAPITEL

01

Die schwarze Nacht

2.10.2021 -morgens -

Ella erwachte schweißgebadet aus ihrem Traum.
Es war zwei Jahre her, diese schreckliche, schwarze
Nacht. Die wohl schwärzeste Nacht, die Ella in
ihrem Leben bisher erlebt hatte.

Und nun verfolgte sie dieses Erlebnis wiederholt im
Traum, als wäre es gestern erst passiert.
Trotz allem es so schrecklich war, schrieb Ella
ihren Traum in ihr Tagebuch:

Ellas Tagebucheintrag, 2.10.2021:

Ich spüre, wie mir höllisch der Oberarm schmerzt,

als ER die Tür mit voller Gewalt auftritt.
ER zerrt mich raus ins Treppenhaus. Dann der
erste, feste Schlag mitten auf die Nase. Mir wird
schwarz vor Augen und ich sinke vor unerträglich
starken, pochenden Schmerzen zu Boden.

Ich spüre, wie mir das Blut aus der Nase läuft.
Wehrlos packt ER mich an den Haaren und
schleudert mich abwechselnd, links und rechts,
gegen die Treppenhauswände, während
ausgerissene Haarbüschel sich mit meinen
Blutstropfen am Steinboden vermischen.
Manolo, der Nachbar, stürmt aus seiner Wohnung.
Endlich reißt jemand den vom Wahnsinn
getriebenen Kerl von mir weg. Und das alles nur
wegen Rob. (Eintrag Ende)

Zwei Jahre Paguera hatten es wirklich in sich
gehabt. Gott sei Dank war es Ellas letzte Nacht in
Paguera gewesen.
Sie schaute auf ihre Umzugskisten, Tränen flossen
vor Erleichterung.

Endlich raus aus diesem Paguera!
Das war hier wahrlich kein paradiesisches
Fleckchen auf Erden mehr.

KAPITEL

02

Rob

Oktober 2019:

Als Ella bei Rob einzog, hatten sie sich gerade mal zwei, drei Male vorher gesehen. Es war eine der glücklichen Vitamin B Gelegenheiten, die Ella als WG Partnerin am 15.10.2019 bei Rob einziehen ließ. Vitamin B, das allerwichtigste Vitamin auf der Insel: B wie Beziehungen. Abends, an ihrem Einzugstag, lag Ella erschöpft aber glücklich in ihrem neuen Bett.

Sie war gerade eingenickt, als sie Rob die Wohnungstür aufschließen hörte. Anschließend hörte sie ihn duschen gehen und konnte es kaum glauben, sie hörte Thomas, ihren Lieblingssänger.

Es war Robs Duschmusik, die Ella hörte und sich sanft durch ihre Wand, in ihr kleines, gemütliches WG – Zimmer hallen ließ. Der Song „Du und ich". Der Text des Liedes ist wirklich sehr interessant, er hat überhaupt nichts mit einem Liebespaar zu tun. Vielmehr geht es darum, dass man doch so oft nur die Oberfläche eines Menschen betrachtet.

„Denn wir sehen, nur was wir sehen", so heißt es in einem Satz des Songs.
Und was wissen wir schon wirklich voneinander?
Und wie wichtig ist wer überhaupt?

Nach diesem musikalischen Volltreffer in der ersten WG Nacht, entwickelte sich diese Wohngemeinschaft zwischen Ella und Rob zu einer angenehmen, vertrauten Freundschaft.
Mal schauten sie einen Film zusammen, teilten sich eine Pizza oder chillten einfach gemeinsam auf dem blumen- und pflanzenreichen Balkon ab.

Dezember 2019:

Kurz vor Weihnachten, es war der 22.12.2019 landeten die beiden spontan auf der Dachterrasse auf ihrem 4 - stockigen Wohnhaus.
Eines der wunderbaren Dächer über Paguera, mit Millionen-Ausblick.
Es war ein gigantischer Ausblick unweit des Meeres, wo sich einige Laternenlichter im Wasser, wie ein sanfter Lichtstreif spiegelten.

Rob erzählte Ella von seiner ersten, großen Liebe, Ava, die einige Jahre zurücklag. Warum er von Ava und ihrem Kennenlernen erzählte, wusste er hinterher auch nicht mehr so genau.

Jedenfalls endete diese Nacht folgendermaßen:

Einige Stunden später sah man Ella und Rob wild knutschend auf einem Sofa, in einer der gemütlichsten Chill-Out Klubs, am Strand von Paguera.

Ellas Tagebucheintrag. 23.12.2019:

Diese unglaubliche Nacht muss ich erst einmal verdauen.

Als Rob mir gestern Abend sagte, dass er, ich zitiere:

„Auf einmal voll Bock hat, mich zu küssen".

Da war ich schon etwas überrumpelt, mit seiner Zunge in meinem Mund, die gleich nach dem Satz folgte.

Jedoch gefiel mir gleichzeitig seine Sanftheit, wie er mich küsste.

Und es tat ja keinem weh, schließlich sind wir ja beide Single und wollen es auch weiterhin bleiben. Trotz dieser Nacht.

Nach dem wilden Geknutschte in der „Maya-Lounge", gingen wir anschließend zügig nach Hause.

Dort ging es weiter mit dem wilden Geknutschte und zusätzlichem Gefummel.

Unsere Klamotten haben wir auch sehr schnell entfernt.

Es war einfach unbeschreiblich, wie er mit meinem Körper und meinen Sinnen umgegangen ist.

Ich habe ehrlich gesagt, noch nie so guten Sex gehabt, weil ich mich noch nie so gut habe fallen lassen können wie bei Rob heute Nacht, die bis gerade eben in den Morgen gedauert hat.

Acht geplatzte Kondome später sitze ich jetzt hier. (Eintrag Ende)

Zwei Tage später stand Weihnachten vor der Tür. Eigentlich machte Ella sich schon längst nichts mehr aus Weihnachten. Für sie war es nur noch eine „Konsumveranstaltung" geworden.

Wer dachte schon noch an das Jesuskind, das an Weihnachten geboren wurde? Stattdessen nur noch Völlerei und kaufen, kaufen, kaufen!
Bei dem einen oder anderen heißt es nur:
Achtung Zwangsbesuch, weil Weihnachten droht.
Und das nennt sich nun „Heiliger Abend".
Eher scheinheilig.

Ella nahm also die Weihnachtstage ganz gelassen hin. Rob wollte mit seinem Kumpel Axel um die Häuser ziehen. Und so entschied sie sich, die Einladung von ihrer Freundin Bärbel anzunehmen, (Bärbel war das Vitamin B für Ella gewesen, so gelangte sie in Robs WG Zimmer) auch wenn sie Bärbels Lebenspartner Micha nicht unbedingt mochte.

Das beruhte im Übrigen auf Gegenseitigkeit.
Micha war nicht sonderlich begeistert von Ella, da sie halt eine Frau ist, die gerne ihre Meinung sagt.

Sichtlich erstaunt war Ella über das Geschenk, was sie von beiden bekam. Ein neuwertiges Handy. Das passte Ella äußerst gut, denn ihr altes Handy gab langsam den Geist auf, so nahm sie das Geschenk dankend an.
Und wer hätte gedacht, dass dieses Handy noch für mächtigen Aufruhr sorgen würde in Paguera.

An der Bratwurstbude im deutschen Eck, Paguera, 29.12.2019:

Micha und Bärbel unterhalten sich an einem der zwei äußeren Stehtische.

Bärbel: „Mist, Micha, ich glaube, die hat etwas gemerkt."

„Was meinst du, das mit der Speicherkarte?", fragte Micha. „Ja, ich glaube, die weiß, dass es geklaut ist."

„Axel schickt mir die ganze Zeit so komische Nachrichten", antwortete Bärbel sichtlich nervöser werdend.

„Wieso hast du Axels Nummer noch?", fragte Micha wütend. „Ich habe dir gesagt, du sollst seine Nummer löschen, ich bestimme, mit wem du befreundet bist, ist das klar?"

„Ist klar, Schatz", antwortete Bärbel kleinlaut und drückte ihrem Micha einen Kuss auf die Wange.

Micha fuhr drohend fort: „Dann halt dich dran, wenn du weiterhin mit mir zusammen bleiben willst, zwei Autos fahren willst und in dem schönen Haus wohnen bleiben willst!"

„Ja, Schatz", parierte Bärbel sofort zurück.

Micha holte die zwei fertigen Currywürste vom Tresen ab, kam mit, nur einer Gabel, zurück an den Stehtisch und sagte zu Bärbel: „Du isst heute mal lieber nichts mehr heute, hast ganz schön zugelegt über Weihnachten."

Bärbel sagte nichts, sie hatte sichtlich Tränen in den Augen, jedoch war sie Michas verletzende Art ja schon gewohnt, seitdem sie mit ihm zusammen war. Was sie an Micha fand, war nicht nur Ella ein Rätsel gewesen.

Bärbel steckte sich eine Zigarette an, schaute auf

ihr Handy und wurde noch nervöser: „Micha, jetzt schickt mir Ella gerade Sprachnachrichten."

„Spiel sie ab", befahl Micha. Sofort spielte Bärbel, Ellas Nachrichten, nacheinander ab:

1. Nachricht, 13 Uhr 13:

„**H**ey, ich wollte mich nochmal bei euch bedanken! Für das geklaute Handy, das ihr mir zu Weihnachten geschenkt habt. Ihr werdet es nicht glauben! Ich habe Axel, den rechtmäßigen Besitzer des Handys beziehungsweise der Speicherkarte, kennengelernt, er war sichtlich gerührt, als ich ihm seine eigenen Hochzeitsvideos gezeigt habe, die er seit zwei Jahren sehnlichst vermisst hat. Rob war mit Axel unterwegs und hat ihn am 2. Weihnachtstag zu uns eingeladen. Solche Zufälle aber auch."

2. Nachricht, 13 Uhr 14:

„**U**nd Micha, die Speicherkarte bzw. das Handy, dass du urplötzlich zurückverlangst, ist jetzt bei dem rechtmäßigen Besitzer, also wendet euch an den!"
„Ihr zwei, seid echt das Letzte!"

Abends schrieb Ella nur einen Satz in ihr Tagebuch:

„**J**eder Mensch, der uns begegnet, ist eine Erfahrung."

Danach wollte Ella noch schnell den Müll runter-

bringen. Rob kam gerade vom Einkaufen.
Er ging gemütlich und gut gelaunt die Treppen
hoch, stellte seine Einkäufe ab, wollte gerade mit
der Tür ins Schlüsselloch, als Ella plötzlich die Tür
öffnete.

Sie grinsten sich an.
Rob sagte: „Oh, das passt ja gut. Der eine kommt,
die andere geht."
   „Was machst du gleich noch?"

Natürlich landeten sie wieder im Bett, diese Nacht,
und dieser Nacht folgten noch viele weitere Nächte.

Frühling 2020:

Es war mittlerweile Mitte April und Ella fühlte sich
überhaupt nicht mehr wohl in ihrer Haut.
Irgendwie hatte Ella sich in Rob verliebt.

Aber konnte oder wollte es ihm nicht sagen.
Aus Angst vor einer Abfuhr.
Oder war es vielleicht ausschließlich das
faszinierende, schöne Sexuelle, was sie so in den
Rausch der Liebe trieb?
Und dann war da noch Ellas Ex-Freund, der
anscheinend schon einige Male an deren Haustür,
heimlich lauschend gesehen wurde.

Dann gab es noch ein weiteres großes Problem:
Lola.
Lola hatte eine tolle, blonde Lockenmähne.
Sie war eine kleine, sympathische, „typisch Berliner
Schnauze" Schönheit.
Rob lernte sie in der Bar Romana kennen.

Die Bar Romana befand sich in Paguera, am Rande
des deutschen Ecks. Genauer gesagt, war es die
letzte Bar am deutschen Eck in Paguera, bevor es
zum Ortsausgang Richtung Santa Ponsa ging.

Romana, die Gastwirtin, benahm sich dort
gelegentlich sogar wie das „allerletzte".
Also schien der Standort absolut perfekt zu sein für
ihre Bar, mit ausnahmslos deutschen
Stammgästen, die gerne schnellstmöglich stramm
sein wollten, egal zu welcher Tageszeit.
Jedenfalls hatte Lola dort Rob kennengelernt.
Er gefiel ihr auf Anhieb. Genau ihr Beuteschema:
Ca. 20 – 30 Jahre jünger als sie, offen für alles,
feiert und trinkt anscheinend gerne.
Rob gefiel an Lola ähnliches, des Weiteren musste
Lola auch vermögend sein.

Sie trug einiges an echtem Goldschmuck an sich.
Ihren Mercedes-Cabriolet parkte sie immer direkt
neben der Bar im Halteverbot.
Sie passte gut in Rob sein Beuteschema.
Frau mit viel Geld und Gold.
Rob lernte Lola ungefähr zu dem Zeitpunkt kennen,
als er das Date auf dem Dach mit Ella hatte.

Mittlerweile verbrachte Rob die Wochenenden
bei Lola. Sie besaß eine schöne, große
Eigentumswohnung in Palma, am Randgebiet von
Porto Pi, nahe dem Hafen.

Rob genoss sie sehr, die Zeit mit Lola.
Sie bezahlte alles, egal, was er brauchte.
Die Wochenenden gestalteten sie sich sehr Alkohol
trächtig und gönnten sich auch gerne mal eine
Prise weißen Nasenspaß.

Lola war froh, dass sie endlich jemanden bei sich zu Hause hatte, um den sie sich kümmern konnte.

Sie gab sich alle Mühe und scheute keinerlei Kosten, um die Gunst von Rob zu erwerben.

Er nutzte Lola eher für seine sehr bequeme „Komfortzone", die wollte er auf keinen Fall verlieren.

Jedoch gab es da eine Sache, die ihm Lola nicht geben konnte. Den besten Sex der Welt, den hatte er mit Ella. So kam Rob natürlich in den Zwiespalt. Er konnte Lola auf keinen Fall sagen, dass er ein sexuelles Verhältnis mit seiner WG Mitbewohnerin hatte, dann war er sofort seine „Komfortzone" los.

Er brauchte Lola weiterhin,
um das Leben in vollen Zügen genießen.
Er konnte diese Geldquelle auf keinen Fall verlieren! Und diese wundervolle Sache mit Ella wollte er auch nicht aufgeben.
Was Ella anging, sie war sichtlich überfordert mit ihren Gefühlen und mit sich selbst. Sie musste eine Lösung finden, um aus dieser teuflischen Dreiecks-Beziehung herauszukommen, sonst wird das alles bald ein heftiges, böses Ende nehmen.

Lola hatte einige Male an der Tür geklopft.
Immer Sturz-Betrunken, schrie und weinte sie verzweifelnd im Hausflur herum. Wie eine Verrückte hämmerte sie dann an der Haustür, meist einige Minuten später, und schrie, Rob solle bitte die Tür öffnen.

Wenn Ella zu Hause war, öffnete sie nicht.

Auf Bitten von Rob, wenn er sich einige Tage in sein
Schlafzimmer einschloss weil er eine Lola-Pause
benötigte.
Lola wollte mehr von Rob. Aber er wollte nicht.
Das wird dann irgendwann anstrengend.

Ella verstand Lolas und Robs Beziehung nicht so
ganz, jedoch durchschaute sie irgendwann Robs
Absichten. Ella verstand, dass er sie brauchte und
Umgekehrt. Ein Chaos-Pärchen in totaler Co-
Abhängigkeit und Ella mittendrin, mit ihren
Gefühlen.

Gefühle waren hier wirklich fehl am Platz.
So beschloss Ella sich Mitte April,
schnellstmöglich eine eigene Bleibe zu suchen.
Als Überbrückung hatte sie schnell ein
Ferienapartment angeboten bekommen,
so nutzte Ella ihre Chance, schnellstmöglich ihr
Leben wieder in Einklang bringen zu können.
Und auf Mallorca wollte sie endlich wieder das
Paradies entdecken.
Doch es sollte noch viel schlimmer kommen.

Ellas Tagebucheintrag 19.04.2020:

Ach, liebe Biggi, heute ist dein 9.
Himmelsgeburtstag.
Und ich erlebe mal wieder die reinste Hölle im
Paradies. Was für ein fataler Fehler,
dass ich vor vier Tagen in die Ferienwohnung
gezogen bin. Das Packen hätte ich mir auch sparen
können.
Echt beschissen, das Paradies gerade hier!
Jetzt sitze ich wieder auf meinem Bett,

in meinem WG-Zimmer bei Rob.
Er hat mich erst mal wieder aufgenommen. Nach
dieser Horrornacht. Die schlimmste, übelste,
fieseste, gemeinste Nacht meines Lebens.
Rob holt mir gerade Eis aus dem Kühlfach für mein
geschwollenes Gesicht, verursacht durch einen
Nasenbruch. Mein rechter Oberarm ist
zertrümmert. Das Schreiben kann ich wohl erst
einmal vergessen. Einige, größere Hämatome zieren
meinen gesamten Körper. Mein Schädel platzt fast,
vor hämmernden Kopfschmerzen.
Der Großeinkauf in der Apotheke wird es schon
richten. Wenigstens fühle ich gerade nichts, weder
Schmerzen noch ein Gefühlschaos.
Das Motiv? Eifersucht, gepaart mit Alkoholeinfluss.
Vier Augenzeugenanzeigen, plus mindestens eine
Anzeige vom Staat.
Karma wird es für Tim 2.0 richten, auch wenn du
dich an nichts erinnern kannst.

Ich hoffe, du hast einen himmlischen Geburtstag
mit all deinen Engels-Chören.
    „Miss you kiss you", mein Schmetterling!
(Eintrag Ende)

KAPITEL

03

Männerpause

Ellas Tagebucheintrag, 1.05.2020:

Ich hab echt die Schnauze voll. Von Männern.
Das war der letzte Versuch.
Nie wieder sage ich einem Mann, dass ich in ihn verliebt bin.

Das war echt beschissen heute Mittag.
Endlich konnte ich allen Mut zusammenbringen, an Robs Zimmertür klopfen, mich an seine Bettkante setzen und ihm einfach sagen:
    „Ich hab mich irgendwie in dich verliebt."
Und seine Antwort war:
    „Was machen wir denn da jetzt, bei mir ist das leider nicht so!"

Autsch, das tat wirklich weh! Als wenn alle Schwerter meines Tarotkarten-Sets auf einmal (und das sind viele) sich gerade in mein Herz bohren!
Mir reicht es echt ein für alle Mal!
F**k Love! (Eintrag Ende)

August 2020:

Diese wirkliche Pause vor Männern fing allerdings etwas später an. Erst als sie mit Rob ihre letzte Inselnacht verbrachte. Noch ein letztes Mal ließ sie sich fallen.

Ellas Tagebuch: 29.08.2020:

Rob verlässt in drei Tagen die Insel.
Er kehrt zurück nach Deutschland.
Will seinem alten Job beim Film wieder nachgehen.
Ich denke, dass es eine Flucht ist, die Flucht aus dem Paradies.
Was meine Männerpause angeht, jetzt erst recht!
Vertrag mit mir selbst. Einhaltung unbedingt erforderlich!
Keinen Sex mehr, nur noch mit einem, dem Richtigen!
Beginn: 1.08.2020, vorher habe ich noch etwas zu verabschieden.
Ich vereinbare ein Date mit Rob, er willigt ein.
(Eintrag Ende)

Bis Dezember 2020 zog sich Ellas Männerpause dahin, über Wochen, über Monate.
Sie konnte Rob einfach nicht vergessen und ohne ihn war Paguera irgendwie anders geworden. Paguera war sowieso anders in diesem Jahr. Es war das Jahr des Virus, dessen Namen keiner mehr hören kann. Ganz Mallorca war, wie leer gefegt. Wahrscheinlich war die Insel nie so „Touristenfrei" wie in diesem Jahr.
Keine dicken Bierbäuche, keine Liegen,

keine Schirme, keine „wolle Massage" fragenden
Frauen, keine Sonnenbrillenverkäufer,
keine Massen-Touri–Buskolonnen.
All das hatte natürlich Positives zur Folge,
dass sich vor allem die Meeresnatur paradiesisch
erholte. Und die Einheimischen konnten ihre Insel,
fast ein Jahr lang allein für sich genießen.

Es gibt immer zwei Seiten der Medaille. In unserem
dualen, menschlichen Dasein auf Erden.
Die andere Seite war viel Frustration, der
Beginn einer neuen Armutswelle, die Familien in
Not brachten, viele zur Verzweiflung und es, zum
Leidwesen vieler, ein sehr gewaltvolles und
existenzzerstörendes Jahr war.
Und dies war erst der Beginn.
Der Beginn weiterer, extremer Wellen.
Das sagen jedenfalls die Verschwörungstheoretiker.
Obwohl es gar keine Verschwörungstheorien mehr
gibt, es haben sich ja alle bewahrheitet.

Nur Ella hatte ihre eigene Verschwörungstheorie,
gegen sich selbst.

Ellas Tagebucheintrag, Datum unbekannt:

Es muss eine Verschwörungstheorie sein,
dass es den Richtigen, meinen Deckel, meinen
Seelenpartner, meine „big fat love" für mich gibt!
Warum zur Hölle begegne ich immer wieder nur
emotional, fehl erzogenen Männern, die am besten
und auch sehr gut, ohne ihre Gefühle leben
können.
(Eintrag Ende)

Drum war es für Ella die beste Entscheidung, ihre Männerpause auch im kommenden Jahr 2021 durchzuziehen.
Und sie tat es auch.
Zwar hatte sie die eine oder andere kurze, männliche Bekanntschaft gemacht, jedoch waren sie alle vom Grundschema identisch.

Ellas Tagebuch Eintrag, Datum unwichtig:

(mindestens schon zehn Mal erwähnt in diversen, anderen Tagebüchern!)

Es läuft wie folgt ab.
Du bist nach jämmerlichen 3-6 Monaten oder Jahren! Herzschmerz, endlich emotional fertig mit deinem Ex, hast ihn entsorgt wie eine ausgeleierte Hose. Bist wieder offen für neue Begegnungen.
Und dann passiert ein bis drei Dates später, das:
Sie laden dich zum Essen ein, erzählen dir, wie toll sie sind, was sie alles schon gemacht haben oder durchgemacht haben.

Eigentlich wollen sie dir schnellstmöglich an die Wäsche, aber da die Männer allesamt ihre „Ego-Maske" aufgesetzt haben, fallen sie ja nicht gleich mit der Tür ins Haus.
Sie sind einfach zu feige für ihre eigene Ehrlichkeit.
Anstatt ehrlich zu sagen:
   „Ich hatte seit Monaten oder Jahren keinen Sex mehr!"
Oder „Ich habe übelsten Hodenstau!"
   „Wann können wir endlich zu mir oder zu dir?"
Stattdessen langweilen sie einen, stehlen einem kostbare Zeit.
Die meisten Männer leiden wirklich unter

chronischer Selbstüberschätzung.

Dann lügen sie dir auch noch mitten ins Gesicht, verschweigen ihre Ehefrauen oder haben es einfach schlichtweg mit Absicht „vergessen", zu erwähnen, dass sie eigentlich nur ein sexuelles Abenteuer für nebenbei suchen.

Doch der Suchende sucht ewig.

Und bei mir bitte erst recht nicht mehr!

(Eintrag Ende)

Ellas Tagebucheintrag, Datum unbekannt:

Männer. Mit ihnen geht es nicht, ohne auch nicht.

Diese Gattung von Mensch, namens Mann.

Einst erschaffen nach dem Vorbild männlicher Götter. Doch welcher Mann besitzt ihn heutzutage noch, diesen göttlichen Funken? Welcher Mann spürt sie noch, die bedingungslose Liebe, die er seit seiner Geburt in sich trägt?

Ich, von der anderen Gattung Mensch, der Frau, habe zwangsläufig bis zu meinem physischen Lebensende mit ihnen zu tun.

Ein Sohn,

ein Ehemann,

ein vertrauter Freund,

ein Mentor,

ein Vater,

ein Bruder,

einen Geliebten,

ein Mann, der dir am Herzen liegt.

Das sind Männer, die hat „Frau" gerne um sich herum.

Doch dann gibt es noch die andere Sorte.

Die bösen Männer.
Die Lügner,
die Betrüger,
die Venusfallen (die, die eigentlich nur Sex wollen,
um ihr Ego zu füttern).
Diese Sorte Männer mögen wir Frauen überhaupt
nicht.

Wie dem auch sei,
wir Frauen leben mit ihnen hier, auf unserem
wunderbaren Planeten Erde.
Müssen wir nun mal zwangsläufig, es wurde noch
kein Frauenplanet entdeckt, wo wir uns hin
flüchten könnten.
Es gibt sie halt hier und nur mit uns.
Der Eine gut, der Andere böse.
Sicherlich gibt es auch böse Frauen, aber ich stelle
mich natürlich auf die Seite meinesgleichen.

Wir sind nun mal das emotionalere Geschlecht und
haben genug auszubaden.
(Eintrag Ende)

KAPITEL

04

Sa Madona

Die Carrer sa Madona ist eine blumenreiche,
lange Straße in Costa de la Calma mit recht vielen
Hausnummern.
Eine Ansammlung an frei stehenden Häusern,
sowie eng aneinander gereihte, kleine,
putzige Reihenhäuschen zieren diese Straße.
Ruhig gelegen, am Randgebiet zwischen Paguera
und Santa Ponsa.

Diese Straße ist eine sehr beliebte Wohngegend,
überwiegend bei den Deutschen.
Trotz aller dem war die „Sa Madona" Ellas
Ausflucht.
Endlich raus aus Paguera.
Rein in die „Straße der Verrückten", wie Ella schon
einige Male gehört hatte.
Die Niederländer hier in Costa de la Calma
nennen sie sogar die „Straße der bösen Deutschen".

Jedoch ließ sich Ella durch das Gerede nicht
beirren; sie blieb sich selbst wie immer treu, mit
ihrer Haltung.

Nicht auf Gerede anderer hören, selbst die Erfahrung machen. So ergab sich wieder ein wunderbarer Zufall, dass Ella durch reines Vitamin-B-Glück, nach Costa de la Calma in die Carrer sa Modana, in ein kleines Reihen–Mittelhäuschen umziehen konnte.

Paguera, 2.10.2021:

Lisa klingelte, nicht wie pünktlich um 9.00 Uhr, an Ellas Wohnungstür in Paguera. Sondern erst zwei Stunden später.
Der heftige Regen hatte dem Umzug vorerst einen Strich durch die Rechnung gemacht.
Ella hatte sich von ihrem Traum erholt und saß zufrieden mit ihrem, dritten und letzten Café con leche auf dem Balkon.

Noch einmal genoss sie diese 3 Millionen Aussicht. Den unverbauten, freien Blick auf die Tora Bucht wenn sie geradeaus schaute. Rechts überblickte sie ein letztes Mal die Paguera Hills.

Das Klingeln an der Tür entriss sie aus ihrem ruhigen, letzten Eindruck von Paguera.
Lisa fing schon an, die Kisten und klobigen Gegenstände einzuladen.
Zwei bis drei Fuhren würden sie brauchen, dann war es endgültig, nie mehr Paguera!
Die Möbel hinterließ sie der Wohnung.
Gerade das Bett von Rob würde sie auf keinen Fall mitnehmen wollen.

Das neue Häuschen in Costa de la Calma war voll möbliert und hatte alles, was man brauchte.
Nach einigen Stunden saßen die beiden endlich auf

Ellas neuer Terrasse. Das Wetter hatte sich mittlerweile erholt und so saßen Ella und Lisa, mit ihrem ersten Weinglas, in dem wunderbar, ruhigen Ort.

Ein Zitronenfalter flatterte seinen Weg entlang der neuen Terrasse; sofort musste Ella an ihre Stiefmutter Biggi denken. Sie verstarb vor gut zehn Jahren und das war einer der Tage in Ellas Leben, wo einem wortwörtlich der Boden unter den Füßen weggerissen wird.

Diesen unvorhergesehenen Verlust muss man erst einmal verarbeiten. Innerhalb von einer Woche wird ein geliebtes Familienmitglied, gleichzeitig eine enge, vertraute Freundin, aus dem Leben gerissen, wenn auch schon zehn Jahre her.
Ella dachte sehr oft an sie. Sie fehlt ihr zwischendurch immer noch so sehr. Biggi war die Weise, die Schlaue. Sie hatte immer einen guten Rat, eine besonders gute Art, Ella einen liebevollen Arschtritt zu verpassen, damit ihr Leben weiter in die richtige Richtung ging.

Man braucht immer einen guten Plan. Seinen Lebensplan.

Ihren großen Lebensplan hat Biggi leider nicht mehr erreicht. Mit 50 Jahren auszuwandern nach Gran Canaria mit Ellas Vater. Dort eine Bar übernehmen. Mit einer Chesna rüberfliegen, zweieinhalb Millionen im Gepäck, um endgültig aus dem Hamsterrad in Deutschland auszusteigen.

Mit 48 Jahren verstarb Biggi. An einen Lungentumor. Zu spät entdeckt? Ella weiß es bis

heute nicht genau. Ob Biggi es bereits wusste?
Das waren Vermutungen der Ärzte und
Schwestern, warum ihr Ableben so abrupt war.

Ellas Tagebucheintrag, 19.04.2011:

Es ist dein erster Geburtstag ohne dich.
Vor vier Tagen haben wir dich erst schweren
Herzens beerdigen müssen. Papa konnte dich
einfach nicht verbrennen. Er wusste nicht, wie du
beerdigt werden möchtest; darüber habt ihr wohl
nie gesprochen.
Deswegen haben wir den schönsten Sarg für dich
ausgesucht. In deiner Lieblingsfarbe Blau
verziert mit Monden und Sternen.
Deine Beerdigung war „schön“.

Jedoch hat die Traurigkeit natürlich überwiegt,
dass du nicht mehr bei uns bist.
Opa Ede wäre fast mit ins Grab gefallen,
konnte sich gerade noch rechtzeitig an seiner
Krücke abstützen. Natürlich haben wir deine zwei
Lieblingslieder gespielt. Und kein Orgelgedudel.

Schließlich bist du ja auch aus der Kirche
ausgetreten. Und das absolut zurecht.
Wer will schon im Monat 130 € Kirchensteuer im
Monat bezahlen?
Der Glaube ist doch „for free“. „God is for free, for
every People“. Deshalb haben wir natürlich einen
freien Redner engagiert.
Er war wirklich unglaublich liebenswürdig.
Lustig auf deiner Trauerfeier war irgendwie,
dass meine Mutter stundenlang auf der Toilette
in eurer Eigentumswohnung eingesperrt war.

Anscheinend habt ihr die Tür in den 15 Jahren nie abgeschlossen.

Deine Mutti ist natürlich auch todtraurig.

Sie sagt, es sei nicht richtig, dass Kinder vor ihren Eltern gehen, aber sie ist ein harter Knochen.

Und hat mit ihren 73 Jahren immer noch ihre kastanienbraunen Haare, kein einziges graues Haar. Das ist echt erstaunlich.

Nun stehen wir hier, wie versprochen, zu deinem 49. Geburtstag, an deinem Grab.

Es ist der schönste, freie Platz hier auf dem Friedhof, im Stadtteil Flensburg Engelsby.

Dort, wo du gewohnt hast, mit Papa, die letzten 15 Jahre.

Papa hat gleich ein Doppelgrab bezahlt.

Dein Grabstein ist aus Marmor.

Ein offenes Buch.

Die linke Seite graviert.

Mit deinem Namen, deinem Geburtstag, deinem Todestag. Und „Die Liebe bleibt ewig".

Die rechte Seite ist noch frei.

Ich kann nicht glauben, dass du da unten begraben liegst.

(Eintrag Ende)

Paguera, 02.10.2021:

Ella war wieder mit ihren Gedanken im Hier und Jetzt angekommen. Nachdem der gelbe Schmetterling an ihrer neuen Terrasse längst vorbeigeflogen war und sie mit Lisa das zweite Glas Wein nach dem fertigen Umzug genossen hatte.

Lisa, Ellas erste, beste Inselfreundin. Knapp fünf

Jahre hatten sie sich nicht gesehen. Lisa war immer noch mit Dachdecker Arnie zusammen. Eine beachtliche Leistung. Ella und Lisa waren beide sehr froh und dankbar, dass sie sich vor einigen Monaten, 2021, wieder trafen.

Juni 2021:

Ella war fast so aufgeregt wie vor gut zwei Jahren, als sie ihre Schwester Mel zum ersten Mal traf. Endlich würde sie Lisa wiedersehen.

Lisa war ebenso voller Aufregung an diesem Tag. Lange war es her, dass sie ihre erste Inselmitbewohnerin das letzte Mal gesehen hatte. Es war ein herrlicher, warmer Sommertag auf Mallorca.
Sie vereinbarten für 18.00 Uhr ihr Treffen am Tora Strand, nahe ihrer ehemaligen WG – Wohnung. Eng umschlungen und sehr glücklich begrüßten sie sich.
Die beiden Frauen setzten sich auf zwei der Touristenliegen, die ab 18.00 Uhr gratis sind, da machten die Kassierer stets Feierabend.

Lisas erste Frage an Ella war: „Bist du geimpft?" Ella machte eine ungläubige Miene, nahm ihre Sonnenbrille ab und antwortete: „Natürlich nicht." Sie köpften die erste Flasche Wein und feierten ihr Wiedersehen. Sie hatten sich viel zu erzählen.

Lisa fiel die Armschiene auf, die Ella trug und sprach sie darauf an.
„Oh, das war ein Mist", sprach Ella."

„Das war die Strafe, weil ich bei mir zu Hause
putzen wollte."

„Bin ausgerutscht, als ich gerade meinen Boden
wischen wollte."

„Du kennst mich ja mit meinem „Natur-Tick"
und meiner Skepsis zu chemischen Produkten."

„Ich benutze nur noch Kokosöl oder Olivenöl als
Körperpflege, das wurde mir vor einigen Monaten
zum Verhängnis."

„Ich hatte da wohl etwas gekleckert mit dem Öl.
Jedenfalls bin ich darauf ausgerutscht und brach
mir dabei vierfach das Handgelenk."

„Hatte Glück, es war kurz vor einem offenen
Bruch."

„Aber es ist nichts gegen die Horrornacht, die ich
vor über einem Jahr erlebte."

Ella berichtete Lisa von ihrer schrecklichen, der
erlebten schwarzen Nacht und was ihr Ex-Freund
ihr angetan hatte.

Lisa schossen sofort die Tränen in die Augen,
während Ella berichtete.
Auch Lisa hatte bereits einige „schwarze" Nächte
und Tage hinter sich.

KAPITEL

05

Never forget Olaf

14.02.2023, Ellas Tagebuch:

Lieber Olaf, heute bitte ich dich inständig, lass mich endlich los.
Lass mich endlich gehen.
Wir müssen uns vergessen!
Ich muss dich vergessen, sonst geht mein Herz kaputt!
(Eintrag Ende)

31.10.2021:

Ella erwachte aus ihrem verrückten Traum,
an diesem herrlichen, spätsommerlichen Morgen in Costa de la Calma.
Sie stieg aus ihrem Bett und ging, mit ihrem ersten Café con leche, hinaus auf ihre Terrasse.
Ella musste erst einmal frische Luft schnappen.
Mal wieder solch ein Traum, der es in sich hatte.
Der sich so real anfühlte.
In ihrem Traum war Ella einem Mann mit einem schwarzen Melonenhut begegnet.

Sie trat ein in eine Bar, setzte sich auf einen Stuhl
und vor ihr saß dieser Mann mit Hut. Er stieg auf,
von seinem Stuhl und forderte Ella zum Tanz auf.
Einige Momente vergingen, als der Tanz zu Ende
war, dann verabschiedeten sie sich höflich
voneinander.
Der Mann mit dem Melonenhut verließ die Bar.
Dann war dieser intensive Traum zu Ende.
Ella hatte das Gefühl, dass danach noch etwas
Unglaubliches passieren würde und wachte mit
diesem Gefühl auf.

Am Abend, nach dem Traum, beschloss Ella
spontan, ihren Kumpel Hein zu besuchen.
Hein betrieb eine Bar am Rande von Costa de la
Calma.
Er saß allein vor dem Fernseher und freute sich
über Ellas Gesellschaft.
Sie kamen aus derselben Nord-Deutschen Ecke.
Man versteht sich halt untereinander.
Hein überredete Ella, später mit in den Irish-Pub zu
kommen.
Der war gleich um die Ecke und es war schließlich
der letzte Abend.
Saisonende mit einem schönen Halloween-Fest.

Ella wollte eigentlich nach Hause, ließ sich aber
von der live Musik des Irish-Pubs-Besitzers
anlocken, die gerade zu Heins Bar herüberschallte.
Hein schloss seine Sports-Bar ab.
Es waren nur 50 Meter bis zum Pub.
Links neben dem Pub befand sich eine Bar, das
Lowther´s.

Zum großen Erstaunen von Ella, sah sie einen
Melonenhut auf dem Schild des Lowther´s, am

vorbeigehen.

Ella und Hein betraten den Irish-Pub.
Die fröhlich, überwiegend kostümierten Pub-Gäste
feierten, tanzten, tranken und lachten, was das
Zeug hielt. Sie fühlte sich sehr wohl,
umgeben von englischen und irischen,
ausgelassenen Menschen.
Ella war gar nicht mehr wegzukriegen von der
Tanzfläche.
Diese ausgelassene gute Laune,
die Stimmung und die herrliche live Musik lud
einfach dazu ein.

Es vergingen einige Stunden.
Ella machte gerade eine kleine Trinkpause,
da konnte sie ihren Augen kaum trauen.
Vor ihr saß ein Mann mit Melonenhut,
wie in ihrem Traum heute Nacht.
Das konnte doch wirklich nicht wahr sein jetzt!
Ella war total geflasht.
Irgendwie kopflos stand sie auf, um wieder mit und
in der Menge zu tanzen.
Und natürlich kam nach einigen Minuten
der Mann mit Melonenhut auf Ella zu,
bat sie um diesen Tanz, und verließ die Bar
anschließend.
Ella blieb auf der Tanzfläche und erinnerte sich an
dieses wunderbare Gefühl,
mit dem sie heute Morgen aufwachte,
dass noch etwas Wundervolles passieren wird.

Ellas Tagebucheintrag, 6.11.2021:

Was gibt es Schöneres als Liebe, die aus dem
absoluten Nichts entsteht?

Kaum zu glauben, dass dies bei mir gerade passiert ist. Jedoch muss ich bedauerlicherweise die Finger von ihm lassen, sonst verbrenne ich mich noch an seinem Fangeisen, dass so verboten heiß ist, wie die gestrige Nacht.

„Liebes Universum", kiss my astral ass!"
Mehr ist dazu nicht zu sagen.
(Eintrag Ende)

Ellas Tagebucheintrag, 15.02.2023:

Nun sitze ich hier, wieder am Anfang.
Nach über einem Jahr „Gefühlsverschwendung".
Wahrscheinlich bin ich der größten und stärksten, männlichen Ego-Seele des gesamten Universums begegnet. Dennoch war es die krasseste Begegnung meines Lebens. (neben der mit Rob)

Als wir uns begegneten, in der Halloween Nacht, kurz nachdem der Mann mit dem Melonenhut gegangen war, empfand ich es als totalen glücklichen „Zufall".
Nein, das war mehr als das, was einem zufällt.
Schier unglaublich war es einfach,
dass du mit meiner ehemaligen Chefin des Bikini-Shops aus Camp de Mar, im Pub aufgetaucht bist.
Schier unglaublich ist es, dass ich wie deine erste, große Liebe heiße. Schier unglaublich, dass meine erste große Liebe Olaf heißt.
Schier unglaublich schien es, dass wir beide „Chucks" anhatten.
Du in Rot, ich in Grau kariert. Schier unglaublich ist es, dass wir beide die Musik so lieben.
Schier unglaublich, dass du mich nach zwei

Stunden unseres kennenlernen, Mimi genannt
hast, so hat mich nur mein Bruder genannt.

Seither ist viel Zeit vergangen, wir haben eine
Freundschaft versucht, aber dies gestaltet sich als
äußerst schwierig.
Du führst weiterhin dein „perfektes
materielles" Leben in Deutschland.
Bist hier weiterhin nur gelegentlich Tourist in
deiner Eigentumswohnung, hier im Paradies.
Nun ist es allerhöchste Zeit, dich loszulassen und
dass du mich loslässt!

Für Olaf:

Please, don´t disturb my silence anymore, while i
find my inner peace,

Please, don´t disturb my silence anymore, while my
heart is healing,

Please, dont disturb my silence anymore, while i
fight with the devils,

Please, don´t disturb my silence anymore, while i
talk with the angels.

I won´t disturb your silence anymore. While you
have to find yourself.
(Eintrag Ende)

KAPITEL

06

Schwesterherzen

November 2019:

Stelle dir vor, du wachst eines Morgens auf und lernst deine Schwester kennen.
So erging es Ella jedenfalls an einem sonnigen Novembertag auf Mallorca.

Mel, so der Name von Ellas Halbschwester, machte sich ganz aufgeregt auf den Weg zum Tora Strand nach Paguera. Dort hatte sie mit Ella ihren Treffpunkt vereinbart.
Ella war nicht weniger aufgeregt und sehr gespannt auf die Begegnung.

Mel war diejenige, die sich eines Tages auf die Suche nach ihren Wurzeln machte.
Sie wusste nicht viel von ihrer leiblichen Mutter, nur, dass sie sie verlassen hatte, als Mel gerade mal ein Jahr alt war.

Mels Vater war schnell mit der Situation überfordert und übergab die Verantwortung für

Mel an seine eigene Mutter weiter, sprich Mels Großmutter.

Diese wiederum fühlte sich ebenso überfordert mit der Verantwortung und somit war Mel ein jahrelanger Spielball zwischen der schwierigen Familiensituation geworden.

Dennoch bahnte sich Mel irgendwann ihren eigenen Weg.

Sie wuchs zu einer wunderschönen, starken Frau heran, wollte irgendwann ihre Antworten bekommen.

Im Jahre 2018 beschloss Mel, ihre leibliche Mutter zu finden. Sie hatte längst überfällige Fragen.

So rief sie in diversen Einwohnermeldeämtern an, bis sie endlich die richtige Adresse bekam.

Am 25.10.2018 war es dann soweit.

Sie besuchte ihre leibliche Mutter in Flensburg.

Es vergingen einige, tränenreiche Stunden, nachdem Mel wieder in ihr Zuhause nach Hamburg fuhr.

Sie hatte nun alle Antworten bekommen, endlich beide Seiten, der so tragischen Geschichte gehört.

Was Mel am allermeisten erfreute, sie bekam einen Zettel von ihrer Mutter mit einer Handynummer.

Sie gehörte Ella.

Mel erfuhr, dass sie noch eine Halbschwester hatte. Ella.

Sie lebte in der Pfalz, würde bald nach Mallorca ziehen.

Sie war alleinerziehend, hatte einen Sohn mit 1 ½ Jahren.

Fast 1 Jahr nach der ersten Kontaktaufnahme von Mel zu Ella, stand nun ihr erstes Treffen an.

Die beiden Frauen trafen sich am Strand von Paguera.

Herzlich umarmten sie sich,
sie waren sich instinktiv sehr vertraut und
überglücklich mit der Situation,
dass Schwesterherzen endlich schlugen durften.

3.03.2023:

Dass Schwesterherzen auch unverhofft schnell
brechen können, musste Ellas beste Freundin
Helly, leider vor Kurzem erst, am eigenen Leib
erfahren.
Ihre geliebte Schwester Lone verstarb vor etwa
einem Monat.
Lone wurde nur 50 Jahre jung.
11 Jahre zuvor erlitt Lone bereits einen schweren
Schlaganfall.
Der 21.01.2011 veränderte ihr gesamtes, normal-
gesundes Leben.
Sie war seit einigen Jahren bereits verheiratet.
Mit ihrer großen Liebe, Thomas.
Lone war, bis zu ihrem schweren Schlaganfall,
eine glückliche, liebenswürdige und sehr zufriedene
Frau.
Fast hätte sie den Schlaganfall gar nicht überlebt,
sie fiel einige Tage ins Koma.
Ihr Gehirn hatte leider einiges an Schäden
abbekommen.
Die Ärzte wollten sie schon aufgeben.
Doch Lone war eine Kämpferin, sie rappelte sich so
gut es ging, wieder auf.

Dennoch war es damals schon für Helly, eine
absolut traurige Situation. Lone saß seither im
Rollstuhl, ihr Gehirn auf Stand eines etwa 8-
jährigen Kindes.

Sprechen, Laufen und so einige andere „normale
Dinge für uns", konnte Lone nicht mehr.

Schon damals hatte Helly das Gefühl,
ihre große Schwester verloren zu haben, denn sie
war nicht mehr die Lone, die sie einmal war.

Sie war ein schwerer Pflegefall geworden.
Jedoch beruhigte sich Hellys Gewissen ein wenig,
mit der Diagnose der ärztlichen Fachkräfte,
Lone würde auf ihre Art trotzdem glücklich sein.
Und eine andere Sache machte Helly unendlich
froh und dankbar, dass Thomas blieb.
Thomas blieb bei seiner großen Liebe.

Auch wenn es nicht mehr die Frau war, die er einst
geheiratet hatte. Er wollte bei ihr bleiben, nur der
Tod solle sie scheiden.
Diese natürliche Scheidung ist leider vor wenigen
Wochen passiert.
Am 22.01.2023, Uhrzeit: 2.05 ist Lone
eingeschlafen.

Schon kurz nach Weihnachten 2022
brachte Thomas seine Lone ins Flensburger
Krankenhaus.
Dort hatte man sie nicht einmal richtig untersucht
und schließlich wieder nach Hause geschickt.
Aufgrund des Virus, dessen Namen keiner mehr
hören kann, solle das Bett frei bleiben.
Eine absolut, unverzeihlicher Fehler!

Zwei Tage später, schlaflos seither, brachte Thomas
sie erneut ins Krankenhaus.
Dort bemühte man sich endlich nach einigen
Tagen, Lone richtig zu untersuchen.

Diagnose: 2. schwerer Schlaganfall.
Ihr Zustand war ein Rauf und runter.

Nach etwa zwei Wochen, es war Mitte Januar 2023,
ging es leider nur noch bergab.
Alle Hoffnungen waren verstrichen.
Das Ärzteteam riet Lones Familie, sich zu beraten.
Geräte abstellen?

Lones Familie entschied so, wie es Lone sich
gewünscht hätte.
Zu Hause, im Beisein von ihren Liebsten, friedlich
einschlafen zu dürfen.
Thomas holte seine Lone nach Hause.
Nach fünf Tagen ist sie dann eingeschlafen.

Als mich Helles Nachricht am frühen morgen
ereilte. Lone sei um 2.05 Uhr nachts eingeschlafen,
brach ich in Tränen aus.
Lone ist seither mein Engel 25. Einst geboren an
einem 5.2.
Seitdem begleitet mich diese Zahl. Immer wenn ich
die 25 sehe, weiß ich, Lone ist präsent. Sie möchte
mir etwas mitteilen. Zeigt mir Bilder aus der
Kindheit, die mich teilweise in tiefste Tränenfelder
bringen.

Diese Liebe, diese Schwesterherzen sind
unheimlich stark.

KAPITEL

07

Kindheit

März 2023:

Ella wachte sehr früh auf, an diesem verregneten Montagmorgen in Costa de la Calma.
Sie hatte wild geträumt und war ziemlich durcheinander. Sie hatte von ihrer Kindheit geträumt.

Anscheinend ist das eine oder andere Erlebnis wohl doch noch nicht so ganz verarbeitet, mit ihren jetzigen 45 Jahren.
Ella kramte ihre alten Tagebücher heraus. Schon als junges Mädchen schrieb sie gerne Tagebücher.
Sie begann, in ihren alten Werken herumzublättern.

Ellas Tagebucheintrag, 22.07.1991:

Heute ist es endlich mal warm hier in Flensburg.
Gott sei Dank sind noch Ferien, denn auf die Schule habe ich null Bock.

Später treffe ich noch meine Cousinen, sicherlich
werden wir zum Strand gehen.
Mit ihnen bin ich aufgewachsen, sie sind sowas,
wie Ersatzschwestern.
Sunni und Steffi.

Unsere Eltern haben sich bisher nicht sonderlich
für uns interessiert, sie sind zu sehr mit sich selbst
beschäftigt.
Auch wenn unsere Eltern (meistens) um uns herum
waren (sind), so sind sie doch irgendwie nie richtig
für uns da (gewesen).

Ich verstehe es nicht, warum haben sie uns dann
überhaupt bekommen?
Jedenfalls waren meine Cousinen und ich
überwiegend auf uns allein gestellt, was natürlich
auch Vorteile hatte.
Oft konnten wir machen, was wir wollen und haben
dabei so einige lustige Sachen erlebt.

Eines Morgens zum Beispiel, es war irgendwann im
Sommer 1983.
Ich war knapp 6 Jahre alt, Sunny 7 Jahre alt und
Steffi 8 Jahre alt, kam mein Onkel Didi nach
Hause.
Damals haben meine Mutter und ich einige Zeit bei
ihm gewohnt.

Onkel Didi, leiblicher Vater meiner Cousinen, hatte
seine Taxi-Nachtschicht beendet.
Gegen morgens um 7.00 Uhr stand er mit Brötchen
und einigen seiner Kollegen vor der Tür.

Gabi, meine hochschwangere Tante, öffnete die Tür

und nahm die Brötchen entgegen.
Natürlich wurden wir Kinder wach und auch
neugierig, was da so passierte bei uns.
Wir gingen ins stark verrauchte Wohnzimmer, es
freute mich sehr, meinen Papa zu sehen, der
ebenfalls nachts Taxi fuhr und seine Schicht gerade
beendet hatte.

Papa und ich umarmten uns freudig.
Er gab mir zwei Mark, die ich später für eine riesige
Naschtüte ausgeben werde.
Anschließend nahm er sein Kartenblatt auf die
Hand und spielte seine Partie Skat mit.
Die anderen drei Männer kannte ich nicht.
Wo meine Mutter war, wusste ich übrigens nicht,
keine Spur von ihr in der Wohnung.
Tante Gabi kam ins Wohnzimmer, mit silbernen,
belegten Brötchenplatten, wo alle drüber herfielen.
Die Mett- und Fleischsalat-Hälften gingen als
Erstes weg.

Auf dem Tisch, an dem die Männer Skat spielten,
türmte sich ein Stapel von Geldscheinen auf.
Wir Kinder gingen nach dem Essen der
Brötchenhälften wieder in unser Kinderzimmer und
machten dort Unfug.

Nach einigen Stunden wurde es ruhig im
Wohnzimmer. Die Männer waren wohl gegangen.
Meine Cousinen und ich schlichen uns leise ins
Wohnzimmer. Dort lag Onkel Didi auf der
dunkelbraunen Cord-Couch mit offenem Mund.
Wir schreckten kurz auf, von seinem lauten,
plötzlichen Geschnarche. Mussten aber gleichzeitig
unser Lachen unterdrücken, da eine Fliege immer
wieder ihren Weg in Onkel Didis offenen Mund

suchte. Gespannt wie ein Flitzbogen standen wir an der Tür und warteten ab, wann die Fliege endlich in seinem Mund landen würde.

Tante Gabi war im Badezimmer, hatte sich ein Bad eingelassen, also konnten wir ungestört und leise kichernd die Fliege weiter beobachten.
Dann war es endlich so weit, die Fliege landete in Onkel Didis Mund. Der wachte ziemlich erschrocken auf und hustete sich die Seele aus dem Leib. Schnell verschwanden wir in unser Zimmer und hielten uns die Bäuche vor Lachen.
(Eintrag Ende)

Ellas Tagebucheintrag, 20.09.1991:

Heute ist mein 14. Geburtstag.
Schule nervt, noch mehr, wie letztes Jahr.
Mutti ist noch arbeiten, leider noch nicht zu Hause.
Ich bin alleine in unserer Dreizimmer-Wohnung im 3. Stock und erinnere mich genau daran, wann ich das erste Mal, alleine in einer Wohnung war.

Es muss 1980 gewesen sein, ich war drei Jahre alt. Ich kroch aus meinem Bett und suchte weinend die ganze Wohnung ab. Niemand war da. Keine Mama, kein Papa.

Ich weiß noch genau, dass ich das Micky-Maus-Wählscheiben-Telefon nahm und irgendwie meine Tante Kerstin erreichte. Wie ich das gemacht habe, weiß ich bis heute nicht, ich war doch erst drei Jahre alt. Ich wusste nur noch, dass ich sehr viel geweint habe und große Angst hatte.
(Eintrag Ende)

Ellas Tagebucheintrag, 15.03.1992:

Schule geht gar nicht, werde wohl die Klasse
wiederholen.
Ich schwänze seit 2 Wochen, keiner bekommt es
mit oder keinen interessiert es.

Wieder erinnere ich mich an ein Erlebnis aus
meiner Kindheit. Es war 1987.
Wir sind gerade umgezogen.
Von Flensburg–Mürwik nach Flensburg–West, echt
beschissen, denn ich musste die Schule wechseln.

Ich begann also mein 3. Schuljahr auf der
Falkenbergschule.
Meine Klasse war ganz okay.
Unweit von mir, wohnte eine Klassenkameradin,
Inga.
Ingas Eltern betrieben eine Bäckerei in unserem
Wohnviertel.

Wir freundeten uns an und eines Tages fragte sie
mich, ob ich mal mitkommen wollte zu ihrem Pferd.
Inga war ganz vernarrt in Pferde, sie hatte sogar ein
eigenes Pferd in einem Reitstall, der einige
Kilometer entfernt war von Flensburg.

Ich hatte zwar mit Pferden nicht viel am Hut,
jedoch willigte ich ein, an jenem Tag.

Ingas Mutter fuhr uns nach der Schule direkt zum
Reitstall.
Inga zeigte mir ihr Pferd, wie man es striegelte,
dann machten wir den Stall gemeinsam sauber.
Anschließend hatte Inga ihre Reitstunde.

Ich setzte mich, etwas abgelegen, vom Reitplatz auf eine Holzbank und wollte mich den Hausaufgaben widmen, damit sie erledigt waren.
Plötzlich kam ein Mann auf mich zu, er setzte sich neben mich.
Was genau er mich gefragt hat, weiß ich nicht mehr.
Jedoch erinnere ich mich noch genau. An seine ekligen, fummelnden Hände an meinem Gesäß.
Schnell klammerte ich meine Bücher und Hefte zusammen, schnappte mir meinen Ranzen und lief weg. An mehr kann ich mich nicht erinnern.
(Eintrag Ende)

Ellas Tagebucheintrag, 25.08.1992:

Die letzte Ferienwoche bricht an.
In einer Woche werde ich die 8. Klasse wiederholen.
Gott sei Dank, muss ich nicht mehr mit meinen alten Klassenkameraden zusammen sein, diesen Fieslingen!

Heute Nacht habe ich wieder von meiner Kindheit geträumt. Fast hätte ich dieses Erlebnis verdrängt.
Es war 1986. Ich war neun Jahre alt.
Es muss ein Wochenende gewesen sein, denn mein Stiefvater Fred war nur an den Wochenenden zu Hause, den Rest der Woche, auf Montage.
Jedenfalls war er, wie jedes Wochenende, meistens schon am Nachmittag betrunken. Er stritt mal wieder mit meiner Mutter herum.

Um das Geschrei nicht mit anzuhören, machte ich meine Kinderzimmertür zu und hörte meine Hörspiel-Kassette ziemlich laut.

Gegen Abend musste ich, wie immer, früh ins Bett.
Meine Mutter zog das Rollo herunter, knipste das
Licht in meinem Zimmer aus und verließ wortlos
mein Zimmer.
Ich zog die Bettdecke über meine Ohren und
versuchte einzuschlafen.
Plötzlich hörte ich einen lauten Türknall.

Ich traute mich nicht aus meinem Zimmer,
stieg vorsichtig aus meinem Bett, schob das Rollo
etwas zur Seite, ich schaute auf die verregnete,
dunkle Häusersiedlung. Ein wartendes Taxi stand
vor unserer Hausnummer 8.
Meine Mutter stieg dort ein und fuhr weg.
Fred war noch in der Wohnung, er war nicht zu
überhören.

Ich hörte, dass in der Küche irgendetwas kaputt
gehauen wurde. Danach war es still. Mutig stand
ich einige Minuten später vor meiner
Kinderzimmertür, öffnete sie einen Spalt und
schaute auf den schmalen Flur. Fred stand dort mit
blutenden Fingern und tropfte den hellen Teppich
mit seinen Blutstropfen voll.

Der Blutfleck auf dem Teppich war ziemlich groß.
Ich ging ins Badezimmer, holte die Packung Pflaster
aus dem Alibert-Schrank. Wortlos ging ich zu ihm
und versorgte seine Schnitte.
Er schaute mich an, mit seinen glasig, roten Augen
und sagte in einem unfreundlichen lallenden Ton:
    „Ach Du! Du kannst mir auch nicht helfen!"
    „Deine blöde Mutter ist abgehauen!"

Ich antwortete nichts. Schaute in die Küche, dort
lag die gläserne Kaffeekanne unserer

Kaffeemaschine. Zersplittert in tausend kleine Teile.
Ich zog mir meine Turnschuhe an, kehrte die vielen
Scherben weg, ging wieder in mein Zimmer, schloss
die Tür ab und versuchte endlich einzuschlafen.
(Eintrag Ende)

Wieder im Hier und Jetzt:

Ella packte ihre alten Tagebücher wieder in die
alte, angestaubte Kiste.

Sie dachte nicht mehr nach, über ihren Traum
heute Nacht.
    „Starke Menschen haben oftmals eine schwierige
Vergangenheit".
So hatte es Ella irgendwo mal gelesen. Das ist
genau der richtige Ausdruck. Schwierig, Ellas
Kindheit.

Aber sie ist sicherlich nicht die Einzige, deren
Kindheit alles andere als glücklich und erfüllt war.

KAPITEL

08

Diese Engländer

Sommer 2022:

Wenn Ella ehrlich ist und das ist zu 92,50 % in etwa der Fall, dann ist sie am liebsten in englischer Gesellschaft hier auf Mallorca.
Diese Engländer, sie gefallen Ella einfach.
Und zwar weil sie einfach sind, wie sie sind.
Authentisch, schwarzhumorig, sie nehmen vieles leichter und locker, können echt viel vertragen, bis sie umfallen.
Auch als Kunden befand Ella die Engländer mit Abstand als freundlichstes und angenehmstes Klientel.

Im Jahre 2015 nahm Ella einen Saisonjob an.
Im schön gelegenen Camp de Mar Bikinis verkaufen.
So eine Saison kann ziemlich lang sein, vom 1. Mai bis zum 31. Oktober.
Im Mai fängt es im Schneckentempo an, die heißen Sommermonate schlauchen schon beim Aufstehen und im Oktober scheinen die Tage gar nicht mehr

zu Ende zu gehen, weil kaum noch etwas los ist.

Ellas Lieblinge, die Engländer, versüßten ihr da,
den einen oder anderen Tag. Am Ende der Saison
hatte Ella eine eigene Rangliste aufgestellt:

1.   Die Engländer, 100 % ok

2.   Die Mallorquiner, 80 % ok

3.   Die Festland-Spanier, 60 % ok,
40 % unfreundlich, probieren alles an, lassen alles
liegen, kaufen fast nichts!

4.   Die (wenigen) Deutschen, 100 % nervig

5.   Die Franzosen, 100 % arrogant und
unfreundlich.

Endlich war der letzte Arbeitstag gekommen.
Die abendliche Abschlussfeier war ein kleiner
Ausgleich für die letzten Wochen. Sechs Tage die
Woche a´ neun Stunden sich auf Arbeit abgequält
zu haben, war schon anstrengend.

Die Bikinishop-Besitzerin besaß noch weitere
Modeboutiquen, so lernte Ella an ihrem letzten Tag
noch jede Menge nette Frauen kennen.
Die Chefin lud die gesamte Belegschaft in ein
schönes, rustikales, mallorquinisches Restaurant
ein.

Sie waren über 20 Personen, speisten und tranken
feierlich, später landeten alle recht volltrunken in
der damaligen Diskothek „Barracuda".

Es war ein unvergesslicher, schöner und sehr langer Abend.
Jedoch noch einmal so eine Bikinishop-Saison zu machen, kam für Ella nicht mehr infrage.

13.06.2022:

Ella warf sich endlich mal wieder in Schale.
Sie hatte Lust, auszugehen, wie schon lange nicht mehr.

Gegen 19.00 Uhr machte sie sich zu Fuß auf den Weg zu ihrer Lieblingsbucht in Costa de la Calma, dem Caesar´s Bay. Ella nannte sie jedenfalls so.
Die kleine, schöne Bucht, vor der Appartment-Anlage „Caesar´s", wo sich überwiegend Engländer im Hochsommer aufhielten.

Ella ging die Sa Madona herunter. Bei Hausnummer 22, traf sie ihre recht weit entfernte Nachbarin, namens Crazy.
Sie war wortwörtlich etwas Crazy. Ihr Problem war leider der Alkohol, und das schon seit Jahrzehnten.
Das macht einen natürlich irgendwann kaputt.

An diesem Abend beschloss Crazy, ebenfalls auszugehen. Sie machte sich hübsch und traf Ella unverhofft, als sie gerade ihr Haus verließ.
Die beiden Frauen passierten gemeinsam den kleinen Stadtkern von Costa de la Calma.
Hein hatte seit einigen Wochen ein Schild an seiner Sportbar, die er seit 15 Jahren betrieb.
"Se alquiler". (Zu vermieten)

Leider hat er den Laden nicht mehr halten können.

Sie gingen weiter, am Irish Pub vorbei, dort herrschte fröhliches Treiben, überquerten dann anschließend die Straße zum nächsten Supermarkt.

Bevor sie zum Caesars Bay gingen und den Sonnenuntergang bewundern würden, wollten sie sich noch eindecken, mit Sundowner–Getränken.

Drei Stunden später machten Ella und Crazy sich auf den Weg, zum Engländer-Viertel nach Santa Ponsa, welches ungefähr einen Kilometer von ihnen entfernt war.

Nach zwei Jahren Pause (Schuld des Virus, dessen Namen keiner mehr hören kann) herrschte dort seit Mai feierträchtiger Ausnahmezustand.
Policia Local und Guardia Civil waren im Dauereinsatz.
Sie verhafteten Betrunkene, schlichteten Prügeleien, verteilten Multas (Bußgeldstrafen) an Urlauber, die sich nicht an die gut erkennbaren Verbotsschilder hielten, welche sich nur in touristischen Ballungsgebieten befinden.

Diese Verbotsschilder sind auf Englisch.
Sie verbieten, Alkohol auf der Straße zu konsumieren, sonst droht ein Bußgeld von 600 Euro.

Ella und Crazy wühlten sich durch die Menge.
Es waren Tausende Engländer und Iren, die den Verkehrskreisel sowie diverse Straßen verstopften.

Es war einfach ein riesiger Massenandrang, auf die

Bars, Pubs und Diskotheken. Auch die Engländer hatten etwas nachzuholen auf der Insel.

Die Bars und Klubs waren proppenvoll, egal wo Ella und Crazy hinschauten.
Aus vielen Klubs hallte die Musik bis nach draußen, was viele, vor allem das junge Publikum, veranlasste, auf den vollgestopften Straßen zu tanzen.

Nach einigen Stunden, es war gegen 2.00 Uhr nachts, gingen Ella und Crazy an den Hauptstrand von Santa Ponsa. Ihnen wurde es doch etwas zu bunt, zwischen all den jungen, volltrunkenen, wilden Menschen, die zu 80 % halb so alt waren wie sie.

Die Gratis-Liegen am Strand und der klare Blick zu den Sternen lud in dieser lauen Mallorca-Nacht dazu ein, an den Strand zu gehen. Es waren sehr viele Liegen belegt in dieser Nacht.
Sporadisch machte die Policia Local ihren Rundgang am Strand, um Betrunkene mit Alkohol zu erwischen.

Ella und Crazy blieben immer ganz entspannt, grüßten die „Süßen Jungs" der Policia jedes Mal nett, wenn sie an ihnen vorbeikamen.
Sie hatten nichts zu befürchten, als freundliche Frauen, die sich mit Spanisch sprechen bemühten.

Gegen 6.00 Uhr morgens, keine Spur von Müdigkeit beider Frauen, spazierten sie weiter in Richtung Caesars Bay, um den Sonnenaufgang gespannt zu bewundern.
Außerdem wollte Ella unbedingt ins Meer.

Morgens ist es so klar und frisch, vor allem
Menschenleer so früh am Morgen.
Crazy wollte nicht schwimmen, ihr war irgendwie
nicht wohl dabei.
Staunend und zugleich etwas ängstlich um Ella,
schrie sie ihr hinterher: „Schwimm nicht so weit
raus!"

Doch Ella ließ sich nicht aufhalten, sie wollte bis
zur 1. Boje schwammen, die etwa 250 Meter vor
ihr, seicht im Gewässer, ganz leicht schaukelte.
Zwischendurch drehte sie sich um, zu Crazy ans
Ufer, winkte ihr zu, signalisierte ihr, es sei alles in
Ordnung.

Nach 30 Minuten kam Ella aus dem Wasser, frisch
und ausgepowert von ihrer morgendlichen
Schwimmrunde.
Anschließend gingen sie eine deftige Mahlzeit essen,
Frühstück beim Inder. Auch mal was anderes,
auf jeden Fall lecker.

Gegen 11.00 Uhr mittags kam Ella dann endlich
nach Hause und schlief sich erst mal aus.

KAPITEL

09

Erneute Flucht

April 2023:

Nach 3 1/2 Jahren flieht Ella erneut von der Insel. Es war höchste Zeit, sie brauchte einen Tapetenwechsel, wollte ihre Familie in Flensburg endlich mal wieder in den Arm nehmen.
Der Rest, der noch übrig war, nach der Impfwelle.

Bei Ella verstarben sämtliche Verwandte und Bekannte „urplötzlich" nach den Impfungen, aber niemand an dem Virus, dessen Namen keiner mehr hören konnte. Und jetzt, drei Jahre später, ist der Virus auf einmal verschwunden?

Nur noch die besonders Ängstlichen tragen eine Maske. Freiwillig setzen sie sich das Ding auf, welches einem die frische, gesunde Atemluft nimmt. Nun gibt es die Masken überall gratis, die Restposten eines Milliarden-Geschäftes.
Was die erneute Flucht von Ella betrifft, von Mallorca, ihrem selbst ernannten Paradies, so

erlangte sie die Erkenntnis, dass sie das Paradies nicht mehr sehen konnte.

Ihr Resümee der letzten drei Jahre im „Paradies" waren: Sie war stark verprügelt worden, ein Jahr später ein Handgelenkbruch. Zwei verschmähte Lieben (Rob und Olaf). Vier angefangene Bücher, die auf zwei kaputten Laptops verschwanden.

Und alleinerziehend mit einem sehr aufgeweckten Kind.

Natürlich gab es auch genügend schöne Zeiten, jedoch waren diese mittlerweile einige Monate her.

6. April 2023, Ellas Tagebucheintrag:

Ich fühle mich nur noch wie eine „Mama-Maschine", die jeden Tag funktionieren muss!

Es ist mir klar, so kann es nicht weitergehen. Ich brauche Hilfe, damit ich auch mal wieder Kraft tanken kann. Ich entscheide mich schweren Herzens, einen Flug nach Hamburg zu buchen.

8. April 2023:

Es war wirklich ein schwerer Abschied für mich, als würde ich meine Heimat verlassen müssen, aber es musste sein.

Tränen flossen über meine Wangen, als wir eine letzte Runde über die Insel im Flugzeug kreisten. Sie sah so wunderschön und friedlich aus von hier oben. Jedoch Frieden habe ich hier die letzten drei Jahre nicht wirklich gespürt.

Der frühe Flug war sehr ruhig und wolkenfrei. Ich genoss einige schöne Aussichten. Als wir über den

Mont Blanc flogen, empfand ich es als besonders
schön.

Ich erblickte einige Bergseen und war ganz
fasziniert von den Gipfeln, die sich sehr nah
anfühlten. Gar nicht groß der Abstand zwischen
unserem Airbus und den schneebedeckten Gipfeln,
die von der Sonne angestrahlt wurden und riesige
Schatten auf die kleineren Bergspitzen warfen.

Pünktlich um 8.30 Uhr landeten wir in Hamburg,
bei 8 Grad im Regen. Ich fror schon beim Anblick
nach draußen in dem recht warmen Flugzeug.
Die erste „Überraschung" war, dass mein Handy
mit meiner spanischen Nummer hier nicht
funktionierte.

Ich erinnerte mich aber noch, dass wir mit der
Straßenbahnlinie S1 zum Hamburger
Hauptbahnhof kommen würden. Dort wartete dann
die zweite „Überraschung". Es gab keine direkte
Zugverbindung nach Flensburg. Der Bahnhof war
überfüllt mit Menschen, anscheinend gab es
mehrere Zugausfälle!

Ich spürte, wie mich die Insel ausgelaugt hatte, wie
sehr ich gerade überfordert war. Ich konnte
niemanden anrufen, stand da, wie im falschen Film
in der überfüllten Bahnhofshalle, mit Kind und
Koffer, nicht wissend, ob und wann wir überhaupt
heute noch Flensburg erreichen würden.

Ich schloss kurz meine Augen, atmete tief ein und
aus, unterdrückte meine Tränen der Überforderung
und riss mich zusammen.

Ich drängelte mich zum Informationsschalter, die
äußerst freundliche Dame am Schalter klärte mich
auf. Wir müssten einige Male umsteigen, teilweise
mit Bussen zum nächsten Bahnhof gefahren
werden und würden dann in ca. sechs Stunden
Flensburg erreichen. Ich war erleichtert über die
Aussicht, dass wir wenigstens heute Abend noch
ankommen würden.

Es war mittlerweile 12.30 Uhr, dann kam unser
erster Zug, der uns aus dem Hamburger Chaos
herausholte, inklusive grölender Fußballfans. Die
Fahrt dauerte nur eine halbe Stunde, dennoch war
ich froh, als wir den ruhigen Ort Wrist erreichten.
Ich eilte mit Kind und Koffer zum Schienen
Ersatzverkehr, der zu meinem Erstaunen, ziemlich
leer war. Anscheinend trieb es nicht viele Menschen
in den hohen Norden.

Ich genoss die 90-minütige Busfahrt, konnte etwas
zur Ruhe kommen. Ich dachte an meine Mutter, die
ich nach vier Jahren heute Abend in die Arme
nehmen würde. Wissend, dass mich eine gewisse
Traurigkeit in ihren Augen erwartet.
Mein Stiefvater Freddy verstarb am 1. August
letzten Jahres. Meine Mutter hat ihn bis in den Tod
gepflegt. Die letzten drei Jahre waren hart gewesen
für sie. Einen an Krebs erkrankten zu Hause
pflegen, das geht nicht spurlos an einem vorbei.

Mich beruhigte immer wieder der Gedanke, dass er
nicht mehr leiden musste. Er befreit ist, dass er
noch einer war, der nicht fortging, sondern vor uns
ging. Schließlich brauchen wir mehr Engel denn je.
In diesen immer düster werdenden Zeiten auf
Erden.

Die Busfahrt war beendet. Wir hatten ein wenig
Zeit, bis der nächste Zug uns von Kiel
nach Eckernförde brachte.
Ich suchte das Kinderabteil auf, wo reichlich Platz
war und es dort bunte Spieltische gab.
Ein Vater mit Tochter gesellte sich zu uns. Er
erzählte mir, dass sie auch schon einige Stunden
unterwegs waren und aus Berlin anreisten. Ihr Ziel
war ebenfalls Flensburg, um die Oma zu besuchen.
Das gleiche Ziel, wie unseres.

Wir unterhielten uns angenehm, während unsere
Kinder Osterbilder ausmalten. Ich schmunzelte
über einige Gemeinsamkeiten. Nicht nur, dass wir
das gleiche Ziel hatten, unsere Kinder im gleichen
Alter waren, sie hatten auch jeder einen Opa
Wolfgang.

Nach endlosen, gefühlten Stunden erreichten wir
endlich Flensburg. Seit um 4.00 Uhr in der Früh
waren wir schon auf und mittlerweile hundemüde.
Die Bahnhofsuhr schlug, 18 Uhr. Ich nahm das
erste Taxi zu meiner Mutter.

KAPITEL

10

Flensburg 2023

9. April 2023, Ellas Tagebucheintrag:

Ich erwachte im Schlafzimmer meiner Mutter.
Heute ist der 12. Todestag von meiner Stiefmutter
Biggi. Wie jedes Jahr zündete ich eine Kerze an und
dachte an die schönsten Momente mit ihr. Ich
dachte an noch eine Person, Thomas, meinen
Lieblingssänger, der heute Geburtstag hat.

22. April 2023:

Heute schlug ich die Tageszeitung auf. Ein breites
Grinsen überfuhr mein Gesicht. Auf der
Titelseite erblickte ich meinen Lieblingssänger. Die
zweite Staffel beginnt, bei der Fernsehsendung, wo
er mitmacht.
Ich liege derweil im Bett. Vor zwei Wochen hat es
mich umgehauen. Fette Halsentzündung, Nase
wortwörtlich voll. 20 Taschentücher Pakete pro
Woche gehen derzeit drauf. Nicht verwunderlich bei
8 Grad am Tag, anstatt den gewohnt milden
Temperaturen auf Mallorca. Wir hätten uns doch

dicker Anziehen sollen auf dem Jahrmarkt, der zu unserem Vergnügen hier zehn Tage lang stattfand und nur 200 Meter von meiner Mutter entfernt ist.

8. Mai 2023:

Ich gehe endlich mal alleine durch den Christiansenpark, der ca. 500 Meter von meiner Mutter entfernt liegt. Bin erstaunt über die bunte Blumenpracht. Es scheint sich viel getan zu haben, die letzten vier Jahre. Ich bestaune die zwei neuen Hochschaukeln, die wirklich ziemlich hoch sind. Herrlich, nicht nur für Kinder ein schwingendes Vergnügen. Des Weiteren entdecke ich drei Trampoline, die in den Boden eingelassen sind, eine Hängematte, auf der ich es mir einige Minuten gemütlich mache, sowie einen Balancier-Parkour, der nicht ganz so meins ist.
Mittelpunkt des, Fußballfeld großen Parks, sind fünf riesige alte Bäume. Sind etwa 30 Meter hoch, dicht bewachsen und stehen so, als würden sie einen Kreis bilden.

Ich begebe mich in den schattigen Baumkreis, der wohltut bei den ungewohnt hohen Temperaturen im Flensburger Mai. An einem Baum entdecke ich eine Schnitzerei. Einen Buddha Kopf. Ich sollte wieder mehr beten. Nam myoho renge kyo, was so viel bedeutet wie: Ich manifestiere die in mir existierende Buddha-Natur, durch die ich das Prinzip Ursache und Wirkung in meinem Leben so anwenden kann, dass ich und meine Umgebung dauerhaft glücklich werden.
Mit diesem Gebet geht alles leichter, jedoch fehlt mir dazu gerade der nötige Antrieb und vor allem die nötige Zeit und Ruhe für mich. Meine Mutter

lebt noch sehr in ihrer Trauer, so fällt es ihr ersichtlich schwer, mit ihrem Enkel Zeit zu verbringen, um mir etwas Ruhe und Zeit verschaffen zu können.

12. Mai 2023:

Heute traf ich mich mit meiner Freundin Helly. Wir fanden endlich etwas Zeit füreinander.
Wir fuhren nach Glücksburg, wo ihre geliebte Schwester Lone seit vier Monaten unter einer Baumwurzel im Ruheforst begraben lag.
Wir klapperten die Schilder ab und fanden ihren Baum nach einigen Irrwegen. Helly hatte einen kleinen Stein bemalt, den sie an den Baum unauffällig legte, da man das anscheinend offiziell nicht durfte. Sie hatte den Stein von ihrer letzten Mallorca Reise mitgebracht, weil Lone Mallorca sehr geliebt hat. Und die beiden Schwestern auch ihren ersten gemeinsamen Urlaub vor vielen Jahren dort verbracht haben.

Verzweifelt hatte Helly sämtliche Strände auf Mallorca abgeklappert, um einen Stein zu finden, jedoch waren die Strände nur feinsandig. Es war wie verhext. Also nahm Helly einen Stein vom Strandparkplatz mit. Besser als nichts Hauptsache von Mallorca, das war ihr wichtig.
Nun standen wir also vor dem Lone-Baum und schauten hoch zur Baumkrone.
Helly fiel auf, dass der Baum nur wenige Blätter trug, im Gegensatz zu den anderen Bäumen.
„Na ja, Lone hatte ja auch zuletzt wenige Haare auf dem Kopf", haute Helly heraus und wir fingen beide tierisch zu lachen an, während uns auch die

Tränen liefen. Wir umarmten den Lone-Baum, dann uns und verließen anschließend den Wald.

17. Mai 2023:

Ich beschließe wieder jeden Tag zu beten. Mindestens 20 Minuten am Tag. Ich dachte an Monique, meine Nachbarin auf Mallorca, die mir das Gebet vor gut einem Jahr beigebracht hat. Sie sagte, es sei wichtig, dies jeden Tag zu machen. Jedoch habe ich es bis heute nicht geschafft, dieses diszipliniert durchzuführen. Das soll sich ändern, ab heute.

19. Mai 2023:

Ich klappere die Straßen meiner Kindheit und Jugend ab. Erinnerungen überwältigen mich heute. Gehe an meiner alten Schule vorbei und ich spüre dieses Unwohlsein in meinem Bauch.
Meine Schulzeit war nicht wirklich rosig.
Ich habe mich damals, vor gut 30 Jahren, schon nicht dazugehörig gefühlt.
Ich war halt schon immer anders. Hauptsache nicht so wie alle anderen, das wollte ich schon immer sein.
Was hatte mir die Schule gebracht? Viel Leerstoff anstatt Lernstoff. Das richtige Leben fängt schließlich erst an, nach der Schule. Und es gab kein Unterrichtsfach, das hieß: wie bewältige ich das Leben mit all seinen Konsequenzen.
Ich ging weiter durch Flensburg West, an unserem alten Wohnhaus vorbei. Wir wohnten im 3. Stock, sehe hoch zu meinem ehemaligen Kinderzimmer-Fenster. Erinnerte mich noch gut daran, dass ich

dort mal einen Banküberfall mitbekommen hatte.
Die Täter sprangen über den Zaun, unmittelbar vor
unserem Wohnhaus, der Geldsack zerriss und
wirklich viele 50 DM-Scheine flogen herum.
Ich ging weiter Richtung Abenteuerspielplatz, wo
ich mit meiner damaligen besten Freundin Silvia
immer heimlich im Gebüsch geraucht habe, bis
eines Tages ihre Mutter heimlich hinterherkam,
Silvia und mich in flagranti erwischte und uns eine
ordentliche Standpauke hielt. Die Seilbahn gab es
immer noch, nur war sie mittlerweile auf der
anderen Seite platziert, der Sitz aber schien immer
noch der alte zu sein. Also entschloss ich mich, ein
paar Runden fröhlich auf der Seilbahn zu drehen.
Es machte noch genauso viel Spaß wie damals.
Zu guter Letzt traf ich dann noch meinen Ex-
Freund Maik, der immer noch unverschämt jung
und gut aussieht für seine 48 Jahre. Wir
unterhielten uns angeregt. Er hat eine Tochter, die
18 Jahre alt ist. Unser Kind wäre mittlerweile 25
Jahre alt geworden, doch dazu kam es leider nicht.
Er fragte mich, ob ich Lust hätte, mit ihm
auszugehen. Ich hatte kein Handy dabei, bat ihn,
mir seine Telefonnummer in den Postkasten meiner
Mutter zu werfen.

22. Mai 2023:

Maik hat es sich wohl anders überlegt, jedenfalls
habe ich bisher keine Telefonnummer im
Briefkasten vorfinden können.
Aber vielleicht ist es auch besser so. Man sollte
keine alte Liebe nochmal aufwärmen. Schließlich
hatte er mich damals betrogen, war zu feige, mir
das zu erzählen.

Ich musste es von meiner damaligen besten
Freundin Silvia erfahren, die es auch schon
wochenlang wusste.
Und sie rückte auch nur schwer mit der Wahrheit
heraus.
Ich war damals sehr enttäuscht von beiden. Und so
hatte ich eine Freundin weniger und war wieder
Single, alles an einem Tag.

24. Mai 2023:

Nach meinem morgendlichen Gebet ging ich
spazieren, einfach drauflos, ohne Ziel. Und was soll
ich sagen, das Beten zahlt sich aus. Ich liebe
Bücher und heute beim Spazierengehen durch
Flensburg fand ich wieder welche. Sie lagen auf
einer Bank unweit von Muttis Wohnung. Ich packte
mir einen Thriller ein, namens „Missing". An einer
anderen Straße, die Richtung Innenstadt führt,
entdeckte ich weitere Fundstücke. Abends, wenn
ich nicht zu müde bin, lese ich gern. Interessant
werden Bücher erst für mich, wenn ich nicht
aufhören kann zu lesen, bis mir die Augen vor
Erschöpfung zu fallen.

29. Mai 2023:

Heute dachte ich viel an Olaf.
Letzter Versuch, mich zu verlieben, der mittlerweile
1 1/2 Jahre zurücklag. Seitdem ich in Flensburg
angekommen bin, verfolgt mich sein Name.
Ob auf irgendwelchen Werbeplakaten,
Zeitungsinseraten oder Firmennamen auf Autos,
anscheinend heißen hier viele Männer Olaf. Sein

Geburtsdatum fällt mir heute häufig an
vorbeifahrenden Autokennzeichen auf.

30. Mai 2023:

Ich bekomme eine Nachricht von Olaf,
wahrscheinlich war es gestern schon ein
Vorzeichen, dass er sich melden wird.
Er fragt, wie es mir geht und ob mich das Paradies
wieder lieb hat. Ich teile ihm mit, dass ich gar nicht
dort bin. Er anscheinend schon. Aber ich bin froh,
dass ich gerade ganz weit weg von ihm bin.
Das letzte Mal, als ich ihn traf, es war letztes Jahr
im Juli, tranken wir einen Café con leche
gemeinsam auf meiner Terrasse in Costa de la
Calma.
Er genoss meinen Kaffee ganz besonders, da ich ihn
mit geschäumter Hafermilch zubereitete. Es war
der letzte Kurzbesuch von ihm. Er hatte nie viel
Zeit, zu groß war der Druck und das Unwohlsein
seiner langjährigen Freundin, was ihn veranlasste,
immer nur kurz bei mir zu verweilen.
Jedes Mal pumpte mir das Herz bis zum Hals,
wenn er sich ankündigte, schaute vor Aufregung
ständig in den Spiegel und meine Nervosität wuchs
mit jeder Minute.

Ich hatte jedes Mal das Gefühl, wenn er vor mir
stand, mich immer wieder neu in ihn zu verlieben.
Es hörte einfach nie auf.
Als wir uns verabschiedeten, nach einem kurzen
Plausch, drückte er mir einen zarten Kuss auf die
Wange.
Ich hätte ihm am liebsten sofort die Kleider vom
Leib gerissen und ihn auf mein Bett gezerrt, jedoch
hielt mich der Anblick von dem Fangeisen an

seinen Ringfinger ab. Es war einfach unmöglich, mit ihm in ungehemmte Leidenschaft zu geraten. Ich denke, das Gefühl werde ich jederzeit wieder bekommen, sobald ich ihn noch einmal treffen würde.

31. Mai 2023:

Gerade noch rechtzeitig, als der Tag fast vorbei war und ich ganz gespannt die letzten Seiten des überaus spannenden Thrillers „Missing" las, fiel mir ein, dass heute Lisas Geburtstag war. Ich gratulierte ihr herzlich um 22.22 Uhr. Ich vergesse nie gerne Geburtstage und vor allem nicht von Seelengefährten. Und schließlich hatte ich ihr einiges zu verdanken. Das letzte Mal sahen wir uns Ende März dieses Jahres auf meiner Terrasse in Costa de la Calma. Sie fuhr mich zu meinem endlich letzten Anwaltstermin und war eine wirklich unentbehrliche, helfende Begleitung.

Sechs Wochen davor war ein buchstäblicher Terminmarathon; sie fuhr mich überall hin und kam zu allen Terminen mit ins Büro. Ohne sie wäre ich echt aufgeschmissen gewesen.
Ich erfuhr Mitte Februar von der Guardia Civil (die mich alle drei Monate anruft, nachfragt, ob es mir gut geht und ob der Vater des Kindes mir Probleme bereitet), dass mir ein kostenfreier Anwalt zusteht, wenn der Vater des Kindes keinen Unterhalt zahlt. Ich war heilfroh und dankbar für diesen Tipp und dank Lisas großartiger Hilfe bekam ich dann unverhofft schnell eine Anwältin.
Schließlich blieben die Unterhaltszahlungen seit einigen Monaten aus. Klar, wenn man fast jeden

Tag essen geht und unbedingt eine Miele-Waschmaschine braucht, weil die alte Waschmaschine zu laut ist. Und die Einnahmen, die eigentlich dem Finanzamt gehören, schon vorher ausgibt, weil man sich irgendwas Neues bestellen muss. Ist klar, oder? Dann bleibt nicht viel übrig für Verpflichtungen.

Jedenfalls erzählte ich Lisa von meinem Gedanken, erst einmal (wieder) die Insel zu verlassen. Ich brach in leichten Tränen aus. Lisa tröstete mich. Sie wusste, wie schwer es einem fällt, Mallorca zu verlassen, je länger man dort ist. Aber sie fand meine Entscheidung auch für die beste Lösung in meiner derzeitigen Situation. Ohne Unterhalt und das Urteil würde einige Monate dauern. Ohne Arbeit, da mein Sohn seit Ende Februar auch nicht mehr zu seinem Vater wollte. Den nahe gelegenen Kindergarten könnte ich auch nicht bezahlen, und die staatlichen Vorschulen ohne Auto sind unerreichbar. Doch bevor ich eine erneute Inselpause antrat, will ich noch dringend etwas erledigen.

Tagebucheintrag von Ella, 17. März 2023:

Heute habe ich es getan. Ich empfand es als Erlösung, als ich den „Absenden" Knopf von meinem E-Mail-Account drückte. Es war mir schon lange ein Dorn im Auge, dass die Familie von dem Vater meines Kindes, nicht die Wahrheit wusste oder sie wollten es vielleicht auch gar nicht wissen. Jedenfalls war es mir ein großes Anliegen, diese Sache nun endlich zu erledigen.

Also schrieb ich eine E-Mail an seine Mutter: Hallo Ute, ich möchte dich gern davon in Kenntnis setzen, dass dein Sohn mich vor drei Jahren fast tot geprügelt hat. Er kann froh und dankbar sein, dass er seinen Sohn weiterhin sehen durfte. Dankbar ist er allerdings nicht und sehen möchte sein eigener Sohn ihn auch nicht mehr. Ich muss mir mittlerweile jeden Tag anhören, wie blöd der Papa ist. Ja, da hat er leider Recht. Dein Sohn hält es auch nicht mehr für nötig, Unterhalt zu zahlen. Vielleicht kriegt ihr ihn ja zur Vernunft. Anbei das spanische Gerichtsurteil, welches ich auf Deutsch übersetzt habe, dies beweist, dass dein Sohn ein wirklich kranker Mensch ist. Dort kannst du lesen, was er getan hat und wieso er sich mir fünf Jahre lang bis auf 500 Metern nicht nähern darf.
Gruß, Ella.
(Eine Antwort hat Ella nie erhalten)

4. Juni 2023:

Es ist wirklich angenehm warm hier, seit vier Wochen. Untypisch für Flensburg. Ich genieße die tägliche Dosis Sonne. Heute traf ich mich wieder mit Helly. Erst haben wir auf ihrer wunderschönen, ruhigen Terrasse gechillt und dann wollte sie mir noch unbedingt die Haare schneiden. Das war auch bitter nötig. Das letzte Mal hatte sie mir vor vier Jahren die Haare geschnitten; da ich keine andere an mein Haar lasse, wurde es höchste Zeit, die strohigen Mallorca Spitzen abzuschneiden.
Ich schaute auf den Boden, sah 7- 8 cm lange, filzige Strähnen und fragte mich, was sie wohl alles zu erzählen hätten und wie viele Monate sie von der Sonne Mallorcas angestrahlt wurden. Während

Helly weiter meinen Kopf von altem „Stroh" befreite, erzählte sie mir von ihrer ehemaligen Grundschullehrerin. Sie würde ganz spezielle Karten legen, die mit Ahnen zu tun hätten. Wenn ich Lust hätte, würde sie einen Termin mit ihr vereinbaren. Sofort war meine Neugier geweckt, schließlich standen mir noch so viele Fragen offen, warum mein Leben manchmal so „extrem" verläuft. Sofort vereinbart Helly einen Termin für nächste Woche; ich freue mich riesig darauf und bin jetzt schon gespannt, was passiert.

11. Juni 2023:

Ich war mit Helly beim Ahnenkartenlegen.
Es ist wirklich erstaunlich, was wir so alles mitschleppen (müssen) von unseren Vorfahren. Viele meiner Fragen konnten heute beantwortet werden. Zum Beispiel, warum ich immer an die falschen Männer gerate und welches negative Programm seit meiner Kindheit in mir abläuft. Ich bin wirklich sehr dankbar für diesen ganz besonderen Tag. Natürlich wird es noch einige „Nachwehen" dieser Art geben. So ist es immer, wenn man eine gewisse Erkenntnis erlangt und es anschließend loslässt bzw. hinter sich lassen will.

15. Juni 2023:

Ich genieße diesen typischen norddeutschen Sommertag. 18 Grad und es regnet. Diese Kühle erfrischt mich und meinen Geist.
Seit fast 4 Wochen bete ich täglich, erfreue mich an den kleinen Wundern, die dadurch geschehen. Fast täglich finde ich Geld auf der Straße, komme an

Kartons vorbei, wo es etwas zu verschenken gibt.
Meistens sind es Bücher über Engel oder andere
esoterische Themen, die mich interessieren, die, wie
vom Himmel geschickt, für mich dort platziert
wurden. Auch einiges an schöner Kleidung in
meiner Größe nehme ich dankend mit.
Ein ganz besonders interessantes Buch fand ich
heute mit dem Titel: Ich warte darauf, dass etwas
geschieht. Es weckt sofort mein Interesse. Handelt
von einer Dame (geboren im Jahre 1901), die über
80 Jahre lang Tagebücher schrieb. Wenn das nicht
genau mein Thema ist. Ich bin mir sicher, dieses
Buch lässt mich schwer einschlafen.

21. Juni 2023:

Wie nicht anders zu erwarten, bin ich ganz
gefesselt gewesen von dem Buch. Der erste Eintrag
begann 1914, der letzte 1992. Unglaublich, diese
Zeitspanne.
Ich las diesen dicken Schinken von 600 Seiten in
fünf Abenden (Nächten) durch. Nur das Nachwort
ernüchterte dann meine Euphorie für dieses Buch.
Dort schreibt die Autorin, es war reine Fiktion. Die
Autorin hatte die Tagebücher dieser Dame nie
erhalten, da die Familie der Dame etwas dagegen
hatte.
Die Autorin war dennoch so neugierig geworden auf
80 Jahre Tagebücher dieser besagten Dame, dass
sie sich entschloss, so zu tun, als hätte sie diese
Tagebücher der alten Dame wirklich bekommen
und schrieb alles nieder, was ihr zeitgemäß in den
Sinn kam.

Also ich muss schon sagen, mich und meine Neugier hat sie damit absolut eingefangen und ich habe bis zum Schluss geglaubt, wirklich 80 Jahre Tagebuch dieser Dame gelesen zu haben. Absolut clever, diese Autorin.

23. Juni 2023:

Ich denke oft an Mallorca und das, was mir hier fehlt. Die Mentalität vor allem. Seit Wochen sehe ich meist Gesichter ohne jeglichen Ausdruck. Die Deutschen, sie haben so etwas Seelenloses an sich. Und farblos sind sie. Nur grau oder schwarz, egal zu welcher Jahreszeit. Ich sehe nur langweilige graue Shorts mit schwarzen T-Shirts, dunkelgraue Shirts mit dunkelgrauen Shorts oder mal ganz mutige dazwischen mit hellgrauen Shirts gepaart mit marineblauen Shorts.

Der tägliche Spaziergang in der Natur tröstet mich über meine Sehnsucht nach Mallorca hinweg. Ich klappere die schönsten Gegenden in Flensburg ab. Bin immer wieder erstaunt, wie hübsch und blumenträchtig einige Parks, Hinterhöfe und Vorgärten sind. Ich entdecke sogar Plätze, an denen ich noch nie war. Mir fällt eine Frau auf, der ich immer wieder begegne. Sie hat immer ihre 5 voll gepackten Einkaufstüten dabei, ihre Kleidung sieht abgenutzt aus, ihr Blick ängstlich und irgendwie hoffnungslos. Sie führt immer zornige Selbstgespräche in einer Sprache, die mir fremd ist. Schätze, es ist Ukrainisch.

Heute, als ich aus einem Park gerade am Parkausgang heraus spazierte, bekam ich einen richtigen Schreck. Sie stand direkt vor mir und schimpfte wieder in die Luft. Ich näherte mich ihr ganz langsam und friedlich und sprach sie vorsichtig auf Englisch an. Ich sagte ihr meinen Namen und fragte, ob sie Hilfe bräuchte oder Geld? Ich nahm derweil einen 20-Euro-Schein aus meiner Tasche und wollte ihn ihr geben. Doch sie sah mich nur an, mit ihren ängstlichen Augen, behielt ihre Hände in ihrer Jackentasche, antwortete nichts und schüttelte verneinend mit dem Kopf. Ich wünschte ihr alles erdenklich Gute und ging.

25. Juni 2023:

Ich war heute auf dem Flensburger Wasserturm. Ein kleiner Geheimtipp für jeden Touristen. Der Eintritt ist kostenfrei, es gibt sogar einen Fahrstuhl. Man muss nicht die elendig lange Wendeltreppe nehmen. Wer es möchte, kann dies natürlich tun. Die Belohnung ist dann die 360 Grad Aussicht über Flensburg.

Das letzte Mal, als ich hier oben war, ist zehn Jahre her. Damals mit meinem Ex-Mann. Es war unser erster Hochzeitstag, wir ließen von hier oben rote Herzballons in den Himmel steigen, tranken einen Piccolo und verweilten dort, bis der Wasserturm seine Pforten schloss.

Unweit des Wasserturms befindet sich eine Gartenkolonie. Ich erblickte das Vereinshaus von hier oben, welches den Namen Kürbisklause trägt. Noch heute kann man es für Feierlichkeiten aller Art mieten. Ich sah, dass einige vollgepackte Menschen dort ein und ausgingen.

Ich musste an meinen 30. Geburtstag denken, den
ich dort feierte. Frisch verliebt war ich damals, in
meinen Ex-Mann. Wir waren erst einige Wochen
zusammen. Meine Mutter hatte sich gleich morgens
schon mit meinem Stiefvater Freddy verkracht und
wir mussten spontan umplanen, damit Mutti samt
gebackener Kuchen die Kürbisklause erreicht.
Freddy platzte dann abends leider total betrunken
in die Feier hinein und sorgte einige Minuten für
richtigen Ärger. Mein Ex- Schwiegervater in Spe
hatte derweil sein Gebiss zerbrochen; das
Knabbergebäck war dann doch etwas zu hart für
seine Prothese. Meine Stiefmutter Biggi und mein
Vater trugen ein lustiges Engel- und Teufel-Gedicht
vor. Meine Cousine zwang mich, blind mit einem
Besen zu tanzen. Es waren viele (meist schöne)
Erinnerungen heute auf dem Wasserturm. Mir
wurde jedoch auch klar, wie vergänglich alles ist.
Diese Feier war 15 Jahre her. Mir kam es wahrlich
nicht so vor. Fünf von den Gästen sind bereits
gestorben. Mit drei von ihnen habe ich überhaupt
noch Kontakt.

28. Juni 2023:

Wie sehr ich mich wie ein Kind auf heute gefreut
habe. Wir fuhren mit dem Bus nach Harrislee.
Einem angrenzenden, ruhigen Örtchen mit etwa
10.000 Einwohnern. Liegt zwischen Deutschlands
nördlichster Grenze und Dänemark. Ziel war der
Erdbeerhof Jansen, wo man seine Erdbeeren selbst
pflücken konnte und Naschen ausdrücklich erlaubt
war.

„Mit sauberem Mund kommt ihr mir nicht vom
Feld", rief uns die freundliche Reihenanweiserin
hinterher.

„Und einfach nur das Fähnchen in die Erde
stecken, bis zu eurer abgegrasten Pflückstelle."

Ich atmete diesen frischen, süßlich fruchtigen
Geruch intensiv ein, der meine Sinne absolut
befriedigte. Und welch ein Anblick auf die zig
Tausend saftig roten, pflückreifen Früchtchen.
Sie schmeckten einfach himmlisch. Auf dem
Rückweg mit dem Bus durch Harrislee, fuhr ich an
meiner alten Wohngegend vorbei, wo ich meine
Anfang- und Mittzwanziger verbracht habe. Mit
einem wehmütigen Gefühl erinnerte ich mich an
meinen Ex-Freund Andi.

Ellas Tagebucheintrag vom 29. Februar 2020:

Was ist das für ein verfluchtes Schaltjahr! Heute
rief mich Liese, Andis Mutter, an. Als ihre Nummer
auf meinem Display erscheint, bin ich schon etwas
verwundert. Schließlich waren Andi und ich seit
zwei Wochen getrennt. Waren gute neun Monate
zusammen, die Luft war schnell raus.
Wahrscheinlich lag es auch daran, dass wir uns auf
der Arbeit kennengelernt haben und wir weiterhin
den gleichen Arbeitgeber hatten. Zwischen dem
Zusammenarbeiten, Fressen, Kiffen, Fernsehen
hatte sich nicht viel weiterentwickelt.

Ich war geschockt von Lieses Mitteilung.
    „Andi ist vom Balkon gestürzt."
Ich wusste nicht, was ich antworten sollte, dann
ergriff sie weiter schluchzend das Wort:
    „Er liegt im Krankenhaus und ruft nach dir."

Gott sei Dank, er ist nicht tot, fuhr es mir durch
den Kopf, was ich zunächst befürchtet hatte.
Ich willigte ein, ins Krankenhaus mitzufahren.
Der Anblick versetzte mir den zweiten Schock des
Tages. Andi war weiß wie ein Gespenst,
angeschlossen an mehreren Schläuchen.
Intravenös wurde ihm nonstop stärkstes
Schmerzmittel zugefügt.

Ich setzte mich auf die Kante seines Krankenhaus-
bettes. Er war nicht ansprechbar, jedoch sah er
mich mit seinen hundemüden, braunen Augen an
und versuchte mit aller Kraft, mit seiner schlaffen
Hand, meine Hand zu berühren. Ich drückte seine
Hand und versuchte zu lächeln.

Liese suchte derweil einen Arzt auf, um zu
erfahren, wie es um ihn stand. Die Diagnose war
Fraktur des 3. und 4. Lendenwirbels, verursacht
durch einen Sturz aus sechs Metern, mit unsagbar
viel Glück dabei, dass er ab jetzt nicht im Rollstuhl
sitzen müsse. Jedoch waren zukünftige
Lähmungserscheinungen nicht ausgeschlossen.
Die bevorstehende OP würde einige Stunden
andauern; ein Expertenteam musste schnell
zusammengetrommelt werden und zwei Titankörbe,
die die zertrümmerten Wirbel ersetzen sollen, waren
schon bestellt. In zwei Tagen würden sie
ankommen. Bis dahin musste Andi auf
kontinuierliche Weise weiterhin mit Schmerzmitteln
vollgepumpt werden.
Das Schlimmste waren die zersplitterten Wirbel, die
sich wie kleine Scherben nun in seinem Körper
befanden. Es würde auch die meiste Zeit in
Anspruch nehmen, bei der OP alle Splitter zu
lokalisieren und sachgemäß zu entfernen.

Flensburg, 4. Juli 2023:

Heute habe ich meinen Lottogewinn abgeholt.
4-Richtige mit Superzahl. Immerhin 166 €.
Die fehlenden zwei Zahlen hatte ich tatsächlich auf
dem Schein, nur nicht in einer Reihe. Um ein Haar
wäre ich also Lotto-Millionärin geworden. Eine
schöne Vorstellung. Dennoch freute ich mich
natürlich über den Gewinn.

Ich fand diesen Lottoschein letzte Woche neben
einer Parkbank liegend. Sah es als Zeichen, Lotto
zu spielen. Da er unausgefüllt war, beschloss ich
eine Spielreihe mit den Zahlen zu nehmen, die sich
auf meinem Busfahrschein befanden, der mich
letzte Woche vom Erdbeerfeld nach Flensburg
zurückbeförderte.

KAPITEL

11

Nie wieder Schule

Ellas Tagebucheintrag, Juni 1996:

Endlich geschafft. Nie mehr muss ich in diese Schule.

Nach zwei „Ehrenrunden" (7. und 9. Klasse), mächtigen Arschtritten und wöchentlicher Nachhilfe von meiner Stiefmutter Biggi, habe ich nun meinen Mittlere Reife-Abschluss in der Hand. Durchschnitt: 2,5 immerhin hätte auch schlechter ausfallen können. Dafür, dass ich mich sieben Jahre mehr oder weniger dort hin gequält habe.

Biologe, Kunst, Musik, Mathematik und Chemie sowie Leistungskurs Bio und Chemie, darin war ich richtig gut. Die anderen Fächer eher mittelmäßig. Das lag vor allem an dem drögen (norddeutsch für trocken) Unterrichtsstoff und der langweiligen Art, wie uns die, überwiegend ältere

Generation der Lehrkräfte den Schulstoff
präsentierten. Am schlechtesten war ich in
Wirtschaft/Politik, wo ich mich mit einer 4 durch
schlängelte.

Ich fand schon immer, dass das System der
Wirtschaft und der Politik nicht wirklich
„Menschenfreundlich" aufgebaut war.
Der einzig richtig coole Lehrer war unser
Biologielehrer Herr Lembardt.
Er war stets gut gelaunt und immer enthusiastisch
dabei, uns die wunderbare Welt der Biologie zu
erklären.
Es war der einzige aktive Unterricht (neben Sport),
der oft draußen stattfand. Er baute einen
Gemüsegarten mit uns an, ging oft mit uns in den
Wald und brachte uns sehr viel bei. Sogar die ganze
Klasse hatte er letzte Woche zum Abschluss
eingeladen, auf seinem Grundstück zu zelten.

Es war ein toller Abend, auch unser Musiklehrer,
Herr Wegner, war dabei. Einige von uns sangen mit
ihm, wir grillten, machten Stockbrot, erzählten
abwechselnd Gruselgeschichten und ließen uns von
den Mücken nicht stören.
Schließlich waren wir so gut wie mückenresistent
geworden auf unserer Abschlussklassenfahrt nach
Schweden, wo wir eine Woche lang nur Kanu
fuhren, abends unsere Zelte am nächsten
Anliegerpunkt aufschlugen und uns jede Nacht die
Mücken, wie die Pest, anfielen.

Selbst den Abschlussstreich hatte Herr Lembardt
(als Einziger) mit Humor genommen und ohne eine
Miene zu verziehen, zum Schluss das
Würstchenwasser gemischt mit Cola und

essigsaurem Gurkenwasser genüsslich heruntergeschluckt.

Der Abschlussstreich war wirklich gelungen. Da hatte ich das erste Mal das Gefühl, dass wir wirklich eine Klasse waren, die sich gut verstand. Für die Vorbereitungen ging fast ein ganzer Tag und Abend drauf. Zuerst pusteten wir Luftballons auf, befüllten sie mit Pfeffer und Mehl. Dann leerten wir sämtliche Unterrichtsräume. Die Stühle stapelten wir kreuz und quer übereinander in der Aula, so dass es vom Lehrerzimmer bis zu den Klassenzimmern kein Durchkommen mehr gab.

Die meisten Stühle knoteten wir aneinander, mit den Springseilen aus der Sporthalle. Die Ballons platzierten wir unter und auf den Stühlen. Mit den Tischen bauten wir die Fühl- und Schmeckstation auf, platzierten dort Augenbinden sowie Schüsseln mit unappetitlichem Inhalt. (Alle Lehrkräfte, außer Herr Dzikowski und Herr Koch, haben das tatsächlich freiwillig mitgemacht)

Jedem Lehrer hatten wir noch einen persönlichen Streich hinterlassen.
Wir beklebten sämtliche Schilder von Frau Clasen-Schulze (der wahrscheinlich langweiligsten Französisch-Lehrerin der Welt) und machten Blasen-Schulze aus ihrem Namen. Frau Andresens Hauswirtschafts- Klassenraum bestäubten wir kiloweise mit Mehl und stellten ihr einen Besen und Eimer bereit.

Auf Frau Möllers Lehrerpult hinterließen wir Reißzwecken und eine bereits aktivierte Stinkbombe versteckten wir unter ihrem Pult. Für

Frau Carstensen, unserer Englischlehrerin, lag ein Geschenk bereit, eine Packung Einwegrasierer. Da wir jahrelang ihre behaarten Beine durch die hautfarbenen Nylonstrumpfhosen ansehen mussten.

Herrn Johannsen schenkten wir einen Flachmann, weil er immer so nach Alkohol roch. Jedoch ging bei der Hinterlassenschaft für Herrn Firley jemand zu weit. Keine Ahnung, wer auf die Tür für den Heimwerker-Unterricht „Firley ist ein Kinderf....r" rauf gesprayt hat. Ob das noch Konsequenzen haben wird?
Zu guter Letzt klebten wir einen Umschlag an die Tür, wo sich die Nadeln für die Luftballons befanden, brachten Fahrradschlösser an den Eingang der Schule an und versteckten die Schlüssel auf dem Grundstück der Schule. Nach diesem gelungenen Streich, folgte abends die Abschlussfeier in der Sporthalle. Papa und Biggi holten mich ab zu dieser leider sehr langweiligen Veranstaltung. Meine Mutter kam nicht, was ich sehr schade fand. Nun sitze ich hier nachts um 1.00 Uhr. Weiß noch nicht, was ich mit dem Abschluss anfangen soll.

August 1996, Ellas Tagebucheintrag:

Ich fange eine Lehre als Druckvorlagenherstellerin an. Mein Vater riet mir dazu, es könnte ein spannender Job werden. Und eine solide Ausbildung sei ja auch wichtig. Da ich mir eh unschlüssig war, was ich werden möchte, bewarb ich mich einfach. Prompt hatte ich den Ausbildungsplatz bekommen und der Ort klang auch vielversprechend,

Glücksburg. Etwa 10 Kilometer von Flensburg entfernt und als Luftkurort bei überwiegend älteren Leuten sehr beliebt. Das Schönste am Ort ist das weiße Wasserschloss mit einem wundervoll duftenden Rosengarten und einem umliegenden Spazierweg rund um den Schlosssee.
Als ich den Ausbildungsvertrag unterschrieb, erfuhr ich, dass der Unterricht alle sechs Wochen als 2-wöchiger Blockunterricht in Neumünster stattfinden würde. Da könnte ich dann auch mal Onkel Lutz besuchen, der dort seit einigen Jahren wohnte.

September 1996:

Seit vier Wochen bin ich nun in diesem Betrieb namens Offset Glücksburg Ketels. Die Materie interessiert mich nur halbherzig. Ich werde, wie wohl die meisten Azubis im 1. Lehrjahr, von Abteilung zu Abteilung geschickt und mache dort Hiwi-Arbeit und muss jeden Tag die Maschinen sauber kehren.

Den Chef Herr Ketels mag ich nicht besonders, scheint ziemlich cholerisch zu sein. Jedenfalls kam Andrea, die Azubine im 2. Lehrjahr, heute weinend aus seinem Büro gelaufen. Bei meinem Einstellungsgespräch war der Chef nicht dabei, das hatte ich mit der Abteilungsleiterin Tanja geführt.

Wenn er dabei gewesen wäre, hätte ich wahrscheinlich hier gar nicht erst angefangen. Vielleicht macht ja der Blockunterricht mehr Spaß, der in zwei Wochen beginnt, obwohl ich weiß, dass mir die Schule nicht allzu gut liegt.

Oktober 1996:

Habe zwei Wochen Blockunterricht in Neumünster
hinter mir. Wie mein Onkel zu sagen pflegt,
„Neufinster". Ja, er hat wirklich recht, es ist
wirklich eine finstere Stadt. Wenig Grünflächen,
viele graue Wohnblöcke und die gesamte Stadt war
nicht sonderlich hübsch und gepflegt.
Zum Unterricht sei gesagt, wirklich anstrengender
Stoff. Die Klasse ist bunt gemischt (18 - 49 Jahre).
Am unsympathischsten ist mir ein arrogantes
4er-Gespann aus Kiel mit Abi-Abschluss.

Nur zwei Mädels sind mir sympathisch. Franziska,
genannt Franzi, die ebenfalls aus Flensburg kommt
und meine Mitbewohnerin im Schulheim ist, wo wir
übernachteten.
Und Stefanie aus Gera, die genauso wie ich gerne
scherzhaft in „Ostdeutsch" sprach, während
unserer Pausengespräche.
Franzi hatte ein ungeahntes Talent als Comic-
Zeichnerin, gleich am ersten Tag im Schulheim
präsentierte sie mir stolz ihre eigenen Werke.
Vollste Kreativität war im Unterricht gefragt.
Ob meine spärlichen Talente dafür ausreichen
werden? Für Franzi reicht es allemal.

Ich bemühte mich, unsere Hausaufgaben so gut es
ging zu erledigen, jedoch war das Ergebnis eher
ernüchternd im Gegensatz zu meinen Mitschülern.
Unsere kreative Hausaufgabe bis zum nächsten
Blockunterricht heißt „Flusenteufel", Thema: Gebe
dem Flusenteufel ein aussagekräftiges, neues
Layout.

Ich schaute auf den vorgedruckten DIN-A4-Bogen. Dort war ein kleines, filziges, schwarzes Knäuel mit Kulleraugen abgebildet, welches seine langen Streichholzärmchen in die Höhe streckte. Was für ein blödes Thema. Ich zeichnete einen Trockner unter dieses fellmonsterartige Gesicht mit Armen und schrieb dort hinein: zum Teufel mit den Flusen, mit dem Flusenteufel. Das neue Wundermittel für Ihren Trockner. Jetzt überall im Handel erhältlich.
Fertig war meine Hausaufgabe.

Februar 1997:

Wie jeden Morgen fährt Maik, mein Freund, mich zur Arbeit. Er ist arbeitslos und wohnt noch bei seiner Mutter. Es machte ihm nichts aus, mich mit seinem frisierten, schwarzen Golf GTI sogar täglich von der Arbeit abzuholen. Nur seine Mutter scheint es zu stören, das erzählte er mir heute auf dem Heimweg. Sie lag ihm in den Ohren, wie viel es jeden Tag an Spritgeld kostet.

Ich schüttelte nur mit dem Kopf. Er machte dann noch den Vorschlag, dass wir bald gemeinsam Urlaub machen könnten. Nur wir zwei. Mir war es ganz lieb, dass er mal zwei Wochen von seiner Mutter weg kommen würde.

April 1997:

Heute habe ich gekündigt. Grund: mangelndes Interesse an der Materie. Der Job liegt mir einfach nicht. Auch das letzte Mal Blockunterricht war sehr erkenntnisreich, dass die Schule einfach nichts für

mich ist. Irgendein Idiot hat mir am letzten
Schultag des Blockunterrichts im März, heimlich
einen Zettel auf den Rücken geklebt.

Ich schmuse mit Brigitte, stand dort drauf. Ich war
das ganze Gespött des Schulheimes, lief
anscheinend schon einige Stunden damit herum.
Bis Franzi bei mir dieses peinliche Ding entdeckte
und es von meinem Pullover abriss.

Auf die Schule habe ich jedenfalls überhaupt keine
Lust mehr. Nie wieder Schule. Nur auf eine Schule
habe ich noch Lust. Die Schule des Lebens!

KAPITEL

12

Was kommt da bitte auf uns zu?

Mallorca 2020:

Ella ergatterte zu ihrem großen Glück eine großzügige Wohnung in Paguera. 200 Meter Luftlinie vom Ortseingang entfernt. Die Küche war herrlich groß, drei gemütliche Schlafzimmer, separater Waschraum und das Schönste war der knapp acht Meter lange Balkon, eine drei Millionen Aussicht, mit direkten, unverbautem Blick zum Meer.

Ella war heilfroh, sowas Tolles gefunden zu haben und unendlich dankbar, dass sie endlich bei Rob ausziehen konnte.
Sie verbrachte viele Abende auf ihrem neuen Balkon, genoss täglich diesen friedlichen, ruhigen Blick auf das türkisblaue Meer.
Das Jahr hatte es wirklich in sich. Für Ella allen Grund, sich folgende stichwortartige

Auflistung in ihr Tagebuch am Ende des Jahres 2020 zu schreiben:

Januar: Veröffentlichung meines ersten Buches. Ich kann es kaum glauben!

Februar: Eine hartnäckige, starke Grippe, die drei Wochen andauert.

März: Beginn der Mikroben Krise, Lockdown erfolgt urplötzlich und unmittelbar nach meiner ersten und leider einzigen Buchlesung dieses Jahr.

April: Die schwarze Nacht.

Mai: Lockdown Maßnahmen wurden gelockert, wir dürfen endlich wieder länger raus. Genesungsversuche in allen Lagen, auch vom Liebesgeständnis Fopat an Rob.

Juni: Umzug

Juli: Lockdown-Maßnahmen wurde komplett aufgehoben, allerdings herrscht jetzt Maskenzwang

August/September: Genuss der menschenleeren Strände, Beobachtungen wie sehr sich die Natur erholte. Ca. 3 kg Müll wöchentlich gesammelt an den Stränden.

Oktober/November/Dezember: Genuss des touristenfreien Paguera. Viele Gedanken über die fragwürdige Menschheit. 90 % aller Menschen sind Zeugen Coronas geworden.

Juli 2017, Ellas Tagebucheintrag:

Heute habe ich eine selbst gebrannte DVD erhalten von Gabriel aus Berlin mit einem Brief dabei: Liebe Ella, wie geht es dir? Mir mittlerweile recht gut. Über 2 Jahre ist Giselas Tod jetzt her, es hat einige Zeit gedauert, bis ich das Testament von ihr erhalten habe. Ihre letzten Worte waren: Der Tod ist nichts. Ich weiß, dass sie wie ein Engel über mich wacht. Anbei, wie versprochen, die DVD mit höchst brisanten Themen, die unsere gesamte Menschheit betrifft. Und was alles auf uns zukommen wird.

August 2017:

Ich bin absolut schockiert und zeitgleich unendlich dankbar für dieses Wissen. Neue Welt-Ordnung, okkulte Geheimbünde, Bilderberger Treffen, zukünftige Zwangsimpfungen, Digitalisierung der Welt.
All diese Berichte bestätigen mein Gefühl, gerade als in Deutschland Geborene, ein Sklave zu sein. Wir Menschen werden zu Sklaven, Kanonenfutter und Hamstern „gezüchtet". Wir sind Seelen, deren Seele verkauft wird. An uns selbst. Uns wird wichtiges, wahres Wissen verschwiegen, werden permanent abgelenkt. Damit die gesamte „Herde" weiterhin gehorcht.
Eines ist klar. Wir sollten uns auf die Zukunft vorbereiten. Was bitte kommt da alles auf uns zu?

September 2021:

Ich muss ausziehen aus meiner schönen Paguera Wohnung mit 3 Millionen Ausblick. Das Geld für die Miete reicht nicht mehr aus. Knapp 1 1/2 Jahre habe ich durchgehalten. Zwischen Mikroben Krise, am Wochenende Villen putzen und in der Woche Vollzeit Mama sein. Der Handgelenksbruch vor einigen Monaten hat mir wortwörtlich ebenso das Geldgenick gebrochen. Fast 2 Monate Verdienstausfall.
Die Idee, eine Mitbewohnerin aufzunehmen, erwies sich ebenso als sehr schlechte Idee.

Sabine, Frührentnerin aus Berlin, 55 Jahre alt, ehemalige Justiz-Vollzugsbeamtin, machte anfangs einen positiven Eindruck in der Probewohnwoche bei mir im Juni.

Drei Wochen später kam dann der Realitätshammer. Sabine lag mindestens 13 Stunden am Tag im Bett, stopfte ihr Zimmer und alle möglichen freien Ecken meiner Wohnung mit ihren Dingen so voll, dass ich daran „erstickte". Und überall roch es so komisch, wahrscheinlich von ihren 20 Mottenkugeln, dessen „Duft" sich in der gesamten Wohnung verteilte.

Der Mottenkugel Muff wurde abwechselnd übertüncht von ihrem puren Chlorreiniger, welchen sie ständig benutze. Es roch dann zur Abwechslung auch noch nach Schwimmbad bei mir.

Die Stimmung wurde immer angespannter und Interesse an Kindern hatte sie auch nicht wirklich, so wie sie es mir anfänglich erzählt hatte.
Nach einem Monat zog Sabine dann wieder nach Berlin zurück.
Ich war so unendlich froh, als ich vom putzen nach Hause kam, Sabine war abgereist, ich putzte und räucherte die Wohnung erst einmal aus. Danach stand das 3. Schlafzimmer wieder leer.

Einmal hatte Lisa noch darin übernachtet, es war an einem Tag im August. Wir vereinbarten ein spontanes Treffen auf meinen Balkon.
Wir redeten viel über die, mittlerweile alten Zeiten, von uns.
2014 hatten wir uns kennengelernt. Dachdecker Arnie brachte uns zwischendurch leckeres Essen

und Wein vorbei. Er hielt es für das Beste, dass
Lisa bei mir übernachtet, denn angetrunken solle
sie bitte kein Auto fahren.
So blieb Lisa an diesem Abend.

Ich war froh, eine ungeimpfte Gleichgesinnte, an
meiner Seite zu haben. Wir sprachen darüber, was
noch alles auf uns zukommen wird. Wichtig ist,
immer schön raushalten aus dem System und die
Contenance bewahren.

Lisa erzählte mir an dem Abend von einem
Häuschen in Costa de la Calma, welches
unbewohnt war und es Kunden von Arnie gehören.
Sie würde mal nachfragen, ob sie es an mich
vermieten würden.

KAPITEL

13

7 Jahre Krankenschwester

Ellas Tagebucheintrag, 1. März 2000:

Andi ist immer noch käseweiß im Gesicht. Natürlich geht es ihm nicht besser als gestern, jedoch war er ansprechbar. Liese packte seine Unfallkleidung zusammen, um diese zu entsorgen und fand Koksreste in seiner Hosentasche. Einer der Gründe, warum ich keine Beziehung mehr mit ihm wollte. Fragend schauten wir Andi an und hofften, eine Antwort von ihm zu bekommen, wie der Unfall überhaupt passiert ist. Einige Tränen kullerten über sein Gesicht.

Er antwortete sehr langsam und leise, mit schwächelnder Stimme:
„Ich habe mit meinen Jungs gefeiert und dazu noch allerlei Pilze und Kräuter geraucht. Dann dachte ich plötzlich, ich könne fliegen und bin über den Balkon gesprungen."

02. März 2000:

Die Titankörbe erreichten heute das Krankenhaus. Das Expertenteam, welches aus 5 Ärzten besteht, veranschlagte die Rückenoperation für morgen früh um 7.00 Uhr.

03. März 2000:

Endlich kam der Anruf des Krankenhauses. Nach 9 Stunden OP sei alles, ohne Komplikationen, gut verlaufen.

10. März 2000:

Heute wurden die Wund-Drainagen aus dem unteren Rücken bei Andi gezogen. Seine 20 cm langen, frischen Narben neu verbunden. Er darf sich weiterhin nicht bewegen, bekommt nonstop intravenös Schmerzmittel eingepumpt.
Sein Gesäß, die Genitalien, den rechten Oberschenkel sowie seine Bauchdecke spürt er nicht, sind wie taub, sagt er.
Ein Katheter in die Bauchdecke wurde vorsorglich während der OP gelegt. Die Laken werden täglich gewechselt, da er seinen Stuhlgang nicht kontrollieren kann.

12. März 2000:

Eine Frage tat sich in uns allen auf. War es wirklich die Wahrheit, die Andi uns erzählt hatte? War der Unfall wirklich so geschehen?

Richard, Andis Stiefvater, wollte der Sache genauer nachgehen. Schließlich müsste er auch einen Bericht über den Unfallhergang an die Unfallversicherung einreichen, da Richard nicht nur Andis Schwiegervater, sondern auch sein Versicherungsmakler war.
Zunächst rief Richard bei Jan an, in dessen Wohnung der Unfall geschehen war. Jan war jedoch nicht in der Lage zu sprechen, laut eigener Aussage stand er unter Schock, seitdem der „Unfall" passiert ist.

Die Zwillingsbrüder Frank und Sascha waren an dem Tag ebenfalls anwesend und schon etwas gesprächiger. Sie entschuldigten sich sofort, weil sie bisher nicht in der Lage waren, Andi im Krankenhaus besucht zu haben, würden das aber schnellstmöglich tun.

Dann berichteten sie, Andi sei ziemlich frustriert gewesen, als ich mit ihm Schluss gemacht habe. War dann tagelang nur am Feiern, bestellte sich alle möglichen Rauschmittel. Am Tag, als er vom Balkon sprang, erwähnte Andi, er wolle nicht mehr leben.

Ich fühlte mich ziemlich schuldig, als ich das hörte.
Und Richard muss sich eine andere Geschichte einfallen lassen für die Unfallversicherung. Mit der Wahrheit wird Andi leer ausgehen.

14. April 2000:

Gute 6 Wochen sind seit der OP vergangen. Heute durfte Andi das erste Mal aufstehen. Es dauerte eine Weile, bis er sich überhaupt auf die Bettkante setzen konnte. Seine Muskeln waren erschlafft, er hat fast 10 Kg an Gewicht verloren in sechs Wochen. Nur sehr langsam konnte ich einige Schritte mit ihm gehen, samt dem Schlauchwagen, an dem sein Katheterbeutel hing.

Andi wollte unbedingt eine Zigarette rauchen.
Ich hatte Bedenken, dass sein Kreislauf das nicht mitmacht. Doch zu meinem Erstaunen waren meine Bedenken unbegründet.

Richard hatte mittlerweile den Unfallbericht abgeschickt. Jan war bereit gewesen für ein Treffen. Man einigte sich auf folgende Geschichte: Andi war zu Besuch gekommen, um gemeinsam mit Jan ein Katzennetz an den Balkon zu montieren. Da habe Andi urplötzlich den Halt verloren und stürzte vom Balkon.

Sascha und Frank würden diese Story bestätigen, sollte es eventuelle Rückfragen der Versicherung geben.
Was mich angeht, mir geht langsam die Luft aus.
Seit dem Unfall von Andi habe ich den gleichen Rhythmus: Arbeiten, Krankenhaus, Katze füttern, Schlafen.
Auch ich habe einige Kilos verloren, in den letzten Wochen und passe das erste Mal in meinem Leben in Kleidergröße XS.

19. April 2000:

Morgen wird Andi aus dem Krankenhaus entlassen. Ein Krankentransport wird ihn nach Bad Segeberg ins Reha-Zentrum fahren. Dort soll er

wieder richtig laufen lernen und seine Muskeln aufbauen. Des Weiteren raten ihm die Ärzte weiterhin zu lernen, wie man sich selbst katheterisiert (ein Stäbchen wird durch die Harnröhre eingeführt). Dies sei zwar auch unangenehm, aber eine weitaus weniger große Infektionsgefahr als der Bauchkatheter, der alle vier Wochen von einem Urologen unter örtlicher Betäubung gewechselt werden muss.
Jedoch sträubte sich Andi weiterhin. Er hatte es einige Male versucht, jedoch die Taubheitsgefühle erschwerten es ihm immens und an den Bauchkatheter samt Urinbeutel hatte er sich mittlerweile gewöhnt.

Fast hätte ich Biggis Geburtstag heute vergessen, habe ihr eben noch schnell gratuliert.

20. April 2000:

Ich habe mir Urlaub genommen, werde Andi zu seiner Reha begleiten, jedenfalls die ersten zwei Wochen. Auch Liese und Richard fahren mit. Sie haben ein Wohnmobil gemietet, wir würden unweit der Reha, Camping machen. Vielleicht kommt ja sogar ein Hauch von Urlaubsfeeling auf.

2. Mai 2000:

Heute war wieder der Termin beim Urologen, Bauchkatheter Wechsel. Ich begleitete Andi, da er noch kein Auto fahren kann und nach dem Eingriff sowieso nicht fahrtüchtig wäre.

5. Mai 2000:

Andi bekommt Post von der Unfallversicherung.
Man hatte keine Fragen mehr und ihm
würden 250.000 D-Mark zu stehen. Anscheinend
hat Richard (der übrigens Mitglied der Freimaurer
ist) größeren Einfluss, als ich dachte.

15. Juli 2000:

Eine weitere Reha steht Andi bevor. Diesmal in
Hamburg. Wieder nehme ich mir Urlaub, diesmal
auf gelben Schein, um ihn zu begleiten. Dort soll
ihm nochmal nahegelegt werden, dass es besser
wäre, den Bauchkatheter gegen die
Harnröhrenkatheter-Variante auszutauschen.

11. September 2000:

Heute ist Andis Geburtstag. Seine gesamte Familie
ist gekommen, auch Sascha und Frank kamen
vorbei, die einzigen richtigen Freunde, die übrig
blieben, seit Andis Unfall. Absolut geschockt sitzen
wir stundenlang vor dem Fernseher, sind
fassungslos über die Bilder, die dort ablaufen.
Flugzeuge stürzen in die Twin Tower des World
Trade Centers.

20. September 2000:

Heute ist mein 23. Geburtstag. Ich bin mittlerweile
wieder bei Andi eingezogen, fühle mich immer noch
schuldig, dass er sich womöglich meinetwegen vom

Balkon gestürzt hat. Sein Geburtsgeschenk ist mehr als großzügig, ein neues Auto, Fiat Punto in metallic blau. Für sich hat er einen neuen Alfa Romeo Automatik gekauft, er kann seit einigen Wochen wieder selbst Auto fahren.

28. Februar 2001:

Der Unfall von Andi war ein Jahr her. Seinen Bauchkatheter trägt er immer noch. Es wurde zur Routine der 4-wöchige Wechsel des Katheters beim Urologen. Sein rechter Oberschenkel sowie die Hälfte seines Gesäßes und Genitalien waren nach wie vor taub.
Anscheinend lag es an den langen Schnitten, (seitlich der Bauchdecke sowie direkt an der Wirbelsäule) die sie bei der OP machen mussten, um sämtliche Lendenwirbelsplitter herauszuoperieren. Dabei wurden offenbar einige Nervenbahnen getroffen. So war die Einschätzung des Neurologen. Das Unangenehmste für Andi ist allerdings, dass er sich fast täglich, mit einem Gummihandschuh, Selbsthilfe bei der Darmentleerung geben muss, wenn er ein „großes" Geschäft zu erledigen hat.

5. April 2001:

Heute hatte Andi eine Überraschung für mich, weil ich so viel für ihn tue. Wir würden kommendes Wochenende nach Stuttgart fliegen, dort in einem 4-Sterne-Hotel übernachten und uns das Musical „Tanz der Vampire" anschauen.

12. April 2001:

Das Musical war wirklich mitreißend, zwei
Stunden wie in einer anderen Welt. Er war meine
erste Gelegenheit seit Andis Unfall, mich mal
wieder richtig aufzuhübschen. Ich trug ein
elegantes Top in Weinrot und einen engen
schwarzen Minirock dazu. Vor dem Musical gab es
noch einen Sektempfang. Fühlte mich seit langem
mal wieder richtig wohl. Als wir wieder in Hamburg
landeten, am nächsten Tag, wartete da leider eine
böse Überraschung auf uns. Man hatte Andis
Autoscheibe an der Beifahrertür eingeschlagen. Das
Radio fehlte. So mussten wir erst einmal den ADAC
anrufen, der uns die Scheibe so zuklebte, dass wir
zurück nach Hause fahren konnten.

Mai 2001:

Meine Freundin Tanja und ihr Freund, der
ebenfalls Andi heißt, machten uns heute einen
Vorschlag. Sie wollen gern in Holland ihren
Sommerurlaub verbringen, dort ein Ferienhaus
mieten und es gäbe noch genug Platz für
mindestens zwei weitere Personen. Wir willigten
sofort ein. Insgeheim war ich auch froh, dass ich
nicht alleine mit (meinem) Andi in den Urlaub
muss.

Juli 2001:

Heute ging es los, die Fahrt nach Holland. Meine
Güte bin ich froh, dass wir heil angekommen sind.
Wir fuhren mit zwei Autos, ein Auto wurde etwas zu

eng für uns, da sich spontan noch ein Freund von Tanja und ihrem Andi dazu gesellte. Also beschlossen wir, dass die Männer mit dem Alfa Romeo fahren und wir Frauen mit Tanjas kleinem Fiat. Nach knapp vier Stunden Fahrt wurde es dann richtig brenzlig für Tanja und mich. Wir gerieten urplötzlich in einen Stau. Tanja konnte gerade noch bremsen, während sie bremste, überholte uns ein Irrer, also waren wir kurzzeitig drei Autos auf einer zweispurigen Autobahn! Ich sah in den Rückspiegel, da kam mit einem Affenzahn ein Lkw von hinten auf uns zugerollt. Ich schloss die Augen, Tanja und ich schrien wie am Spieß. Der Irre, der immer noch als 3. Auto neben uns fuhr, gab urplötzlich Gas und so konnte Tanja gerade noch ausweichen. Wir heulten und lachten zugleich, hatten dann auch die Ausfahrt verpasst, die Männer allerdings nicht. Wir hielten bei der nächsten Gelegenheit an, rauchten erstmal eine nach diesem Schock und riefen unsere Andis an.

Einige Stunden später:

Fix und fertig sind wir endlich angekommen in unserem Ferienhaus in Zandvoort an Zee. Die Männer wollten zuallererst, schnellstmöglich in einen Coffeeshop. Es war auch gleich einer in unserer Nähe. Ein großes, buntes Gebäude, dessen Fassade ein großes Tipi-Zelt darstellte. Deswegen auch der Name des Coffeeshops: Tipi. Uns allen stieg schon viele Meter vorher der Duft in die Nase der stark riechenden Heilkräuter. Wir verweilten dort, bis nachts um 2.00 Uhr Ladenschluss war, waren noch so aufgekratzt von der turbulenten Anreise.

Erster Urlaubstag:

Am nächsten Tag kauften wir erst einmal ein, aßen leckere Kibbeling (Fischnuggets) mit Knoblauchsoße von einem der zahlreichen Imbisswagen, die hier überall herumstanden.
Später gingen wir an den Strand, der sich über fünf Kilometer erstreckte, mein Andi wollte nicht mehr so weit gehen, also ging er zurück in Richtung „Tipi".
Wir anderen marschierten weiter, bis zum Ende, wo wir eine große Leinwand mitten am Strand entdeckten, dort lief gerade das Woodstock-Konzert.

Wir konnten unseren Augen kaum trauen, befanden uns direkt vor einer riesigen Outdoor-Bar namens Woodstock.
Überall standen Palmen herum, es gab gemütliche Sitzplätze und einige Cocktailbar-Stationen mit persönlichem Barkeeper.
Wir fühlten uns wie in der Karibik und ich kostete gleich die erste Cocktail-Station aus, die Piña Colada anbot.
Der talentierte Barkeeper war im Nu fertig, und goss meinen fertigen Cocktail in eine Kokosnuss.
Tanja, ihr Andi und deren Freund Thomas wollten sich etwas anderes aussuchen.
Ich setzte mich derweil mit meiner leckeren, gefüllten Kokosnuss in den Sand.
Nur wenige Augenblicke später sah ich vor mir zwei große Hunde, die sich anbellten. Urplötzlich rannte der eine Hund, wie von der Tarantel gestochen, los, direkt auf mich zu.
Es ging alles so schnell, ich spürte einen kratzenden Schmerz knapp über meiner linken

Brust und mein Cocktail fiel mir natürlich aus der Hand.

Tanjas Andi kam sofort angerannt und fragte, ob alles in Ordnung sei. Ich war wie von Sinnen, hatte nur einen leicht blutenden Kratzer abbekommen.

Anscheinend hatte der Hund mich einfach umgerannt, als er zu seinem Herrchen laufen wollte, der direkt hinter mir stand.

Andi wurde richtig wütend und schnauzte den Hundebesitzer an, er solle sich gefälligst entschuldigen und mir einen neuen Cocktail besorgen, was der Hundebesitzer dann auch anstandslos tat.

Einen Tag später:

Heute fuhren wir nach Amsterdam mit dem Zug. Bloß nicht mit dem Auto, dazu hatte man uns strikt abgeraten.

Und was soll ich sagen, wahrscheinlich hätten wir mit dem Auto zahlreiche Fahrradfahrer über den Haufen gefahren. Habe noch nie so viele Fahrräder auf einem Haufen gesehen.

Von allen Seiten kommen sie angefahren.

In Kolonnen. Amsterdam selbst ist absolut sehenswert. Ein großer historischer Marktplatz ist der Mittelpunkt, mit tausenden von Tauben und Touristen.

Es herrscht ein buntes Treiben.

Menschen aus aller Welt.

Von dem Marktplatz gehen dann vier lange Einkaufsmeilen ab. Und überall duftet es nach Loempia (kleine Frühlingsrollen).

Total fasziniert sind wir von Febo.

Eine Imbiss-Automatenkette.

Dort wird Fast Food frisch zubereitet und man kann es sich mit seinem Münzgeld selbst ziehen. Echt drollig, dieses Holland.

Der letzte Urlaubstag in Holland:

Keiner von uns hat morgen Lust, wieder nach Hause zu fahren.
Am liebsten würden wir hier bleiben.
Die Holländer sind alle so freundlich und der Ort Zandvoort an Zee erinnert ein bisschen an den mediterranen Süden.
Die Andis wollen sich noch etwas eindecken mit Heilkräutern für zu Hause.
Dafür hatte mein Andi eine spezielle Dose präpariert mit Isolierfolie, die wollte er dann im Motorraum seines Autos verstecken.
(Den Tipp hatte er von seinem Krankenhaus-Zimmernachbarn bekommen, der jahrelang Heilkräuter schmuggelte).
Ich ermahnte ihn, nicht zu viel mitzunehmen, falls wir in eine Kontrolle geraten würden. Tanja und ich gingen in den Zirkus.
Eine riesige Spielhalle, die aufgebaut war, wie ein großes Zirkus-Zelt, wo man stundenlangen Spielspaß hatte.
Damit die Kunden nicht gingen, wurden regelmäßig Pizzen und kleine Snacks sowie kostenfreie Getränke zur Verfügung gestellt.
Danach hieß es leider Koffer packen.

August 2001:

Bei Motorola habe ich gekündigt. Dort, wo Andi und ich uns kennengelernt haben. Knapp 3 Jahre

Handys zusammenschrauben reichen wirklich.
Obwohl der monatliche Lohn echt gut war.
Außerdem konnte ich diese täglichen Fragen nicht
mehr hören, wie es Andi geht. Keiner fragt, wie es
mir dabei ergeht.

Eine Woche später:

Heute beginne ich erneut mit einer Ausbildung.
Diesmal als Einzelhandelskauffrau. Im Betrieb
meines Vaters. Eine solide Ausbildung sei doch so
wichtig für mich, so lag er mir schon seit Jahren
mittlerweile damit in den Ohren. Also willigte ich
ein. Noch einmal Schule. Mir graut es jetzt schon
davor. Jedoch gefiel mir die Arbeit, in unserem
Betrieb, die ich aushilfsmäßig, gelegentlich schon
gemacht hatte und es machte mir große Freude,
Biggi und meinen Vater als Arbeitskollegen zu
haben.
Andi muss dann zukünftig jemand anderen
mitnehmen, wenn er wieder zum Katheterwechsel
muss.
Dafür wird seine Mutter schon sorgen.

Dezember 2001:

In der Schule läuft es erstaunlich gut. Habe zwei
Tage die Woche Schule. Der Unterricht ist
sachkundig, die Lehrer freundlich und sehr
engagiert. Meine Klassenkameraden sind
überwiegend nett, nur Jessica kann ich nicht
ausstehen. Sie ist die Schwester von Andis
Schwägerin in Spe. Im Gegensatz zu ihrer netten
Schwester ist Jessica eine echt arrogante Zicke.

Weihnachten 2001:

Liese tischte auf, als würde der Papst noch hinzukommen. Den ganzen Tag stand sie in der Küche und kochte wie verrückt. Danach fing die Bescherung an, die bei elf Personen kein Ende mehr nahm. Zwischendurch gab es den leckeren Nachtisch. Rijs Aleman (Milchreis) in dem eine Mandel versteckt ist, wer sie findet, der darf sich etwas wünschen.
Das war so Brauch in Dänemark, wo Liese ursprünglich herkommt.
Ich bekam die Mandel auf meinem Teller und wünschte mir im Stillen, dass Andis Zustand sich endlich verbessern würde.

Doch auch die nächsten Jahre änderte sich nicht viel an Andis Situation. Ella blieb weiterhin bei ihm, aus Schuldgefühlen. Sie cremte ihm weiterhin regelmäßig seine Narben ein. Ertrug den täglichen Geruch des Urin-Beutels, den er bei sich tragen musste. Begleitete ihn weiterhin zu diversen Arzt-Terminen, sofern es ihr möglich war.
Machte die Übungen mit ihm, die ihr vom Physiotherapeut gezeigt wurden, obwohl Andi da oftmals wenig Lust zu hatte, motivierte sie ihn ständig nicht aufzugeben.

Wenn Ella Urlaub hatte, fuhr sie mit Andi nach Holland. Zwar sehnte sich Ella immer mehr nach einem sonnigen Urlaub im Süden, aber das ging mit Andi nicht.
Außerdem gab es in Holland die besten Heilkräuter. Die waren gut gegen Andis Schmerzen und sein Darm konnte sich besser entspannen, da er weiterhin „ausräumen" musste.

Ella rauchte natürlich mit. So konnte sie die „Beziehung" mit Andi besser ertragen, die so gut wie rein platonisch war, denn sexuell lief bei Andi auch nichts mehr seit dem Unfall. Was Ella auch irgendwie ganz Recht war.

Die Luft war bereits raus gewesen, als sie mit ihm Schluss gemacht hatte.

Neu verliebt hat sie sich nicht in ihn in den vier Jahren, die mittlerweile nach dem Unfall vergangenen waren.

So stürzte Ella sich intensiver in ihre Arbeit. Versuchte sogar neben der Lehre, in einer Abendschule, ihren Abitur-Abschluss zu machen. Nach drei Monaten bricht sie jedoch ab, weil es ihr einfach zu viel wird.

Stattdessen wird sie im Internet auf die Versteigerungsplattform Ebay aufmerksam und es beginnt ihr richtig Spaß zu machen, ihre Sachen zu versteigern, die sie nicht mehr brauchte.

Kurzerhand meldet sie ein Nebengewerbe an und beginnt Scherzartikel über diese Plattform zu verkaufen. Das Verkaufen liegt ihr im Blut.

Januar 2004:

Habe heute meine Abschlussprüfung mit Bravour bestanden. Jetzt darf ich mich offiziell Einzelhandelskauffrau schimpfen. Konnte die Prüfung sogar ein halbes Jahr vorziehen.

Fatal ist, dass mein Vater bald schließen muss. Uns bleiben die Kunden aus. Konkurrenz einer riesigen Kette hat sich unweit von unseren zwei kleinen Geschäften breit gemacht. Die Großen schlucken die Kleinen.

Seit der (T) Euro-Einführung vor zwei Jahren läuft
sowieso alles einen Gang rückwärts. Alles ist nur
noch halb so viel Wert und kostet das Doppelte.
Eine Schweinerei ist das.
Totale Volksverarschung dieser (T) Euro.
Andis Zustand ist unverändert. Er hat sich wohl
mittlerweile damit abgefunden, ein halber Pflegefall
zu bleiben.

Februar 2004:

Habe ca. 30 Bewerbungen abgeschickt. Wird nicht
einfach werden, einen neuen Job als
Einzelhandelskauffrau zu bekommen. Die meisten
Betriebe suchen nur Verkäuferinnen in Teilzeit oder
Aushilfen.

April 2004:

Die letzten Tage in unserem Betrieb waren sehr
traurig. Mir tat es so unendlich Leid für meinen
Vater und Biggi, dass sie das letzte Geschäft
räumen mussten. Und was meine Bewerbungen
angeht, so muss ich mich neu orientieren. Niemand
möchte eine frisch ausgelernte
Einzelhandelskauffrau einstellen.

Ich sollte mich vielleicht einem ganz neuen
Arbeitsbereich widmen. Habe letzte Woche im
Wochenblatt gelesen, dass derzeit eine neue
Berufsgruppe entsteht, Schwesternhelferin.
Sie sollen examinierte Pflegekräfte unterstützen, da
extremer Fachkräftemangel herrscht. Ich hatte
bereits einiges gelernt von der Materie, aufgrund
der Zeit mit Andi. Finanziert wird das Ganze vom

Arbeitsamt und da ich leider seit zwei Wochen arbeitslos bin, sollte das kein Problem sein.

Mai 2004:

Ich mache den Schwesternhelferinnen Schein. Der Kurs beginnt morgen, geht über sechs Wochen mit anschließendem Praktikum.

Juli 2004:

Morgen fange ich beim Roten Kreuz an, als Schwesternhelferin im ambulanten Pflegedienst. Das Praktikum war beendet und ich wurde anschließend gefragt, ob ich bleiben möchte. Natürlich sagte ich zu.

1. März 2005:

Fünf Jahre sind nun vergangen seit Andis Unfall. Sein Zustand unverändert.
Meine Arbeit als Schwesternhelferin erfüllt mich einerseits, andererseits ist es sehr belastend und vor allem frustrierend, mit ansehen zu müssen, wie das Pflegesystem mit alten und hilfebedürftigen Menschen umgeht. Am meisten regt es mich auf, dass ehemalige Junkies und Knastis den meisten Zuschuss bekommen und dabei noch undankbar und unfreundlich sind.

Mein Lieblingspatient ist Herr Dettmann.
96 Jahre alt, ehemaliger Beamter. Er wohnt alleine in seiner Wohnung, ist in seinen Bewegungen sehr langsam, dennoch für sein Alter wohlauf. Wenn ich

Frühschicht habe, ist er mein erster Patient.
Er liegt dann schon wach im Bett und sagt:
  „Da kommt ja mein Engel."
Herr Dettmann hat immer ein Lächeln auf dem
Gesicht, schenkt mir hin und wieder Geld.
(Obwohl wir das gar nicht annehmen nehmen
dürfen, tue ich es trotzdem)
Er besteht darauf, dass ich es annehme, wüsste eh
nicht, wohin mit seinem Geld, sagt er, hat eine
Pension von 3000 € monatlich.
Auch außerhalb der Arbeitszeit schaue ich
gelegentlich bei ihm vorbei und beseitige sein, fast
tägliches „Unglück".
Er schafft es meist nie rechtzeitig, sein
„großes Geschäft" auf Toilette zu erledigen, so geht
alles in seine langen Unterhosen, die er
anschließend in den Putzeimer wirft.

Die anstrengendsten Kunden leben im Haus der
Betreuung in der Flurstraße in Flensburg. Es sind
Menschen mit überwiegend geistigen
Behinderungen, die teilweise alleine leben können,
aber ständig unter Beobachtung sein müssen. Wie
z. B. Hansi.
Als ich Hansi das erste Mal sah, wurde mir schon
etwas mulmig. Ein fast zwei Meter großer, kräftiger,
ungepflegter Hüne, der in ständiger Unruhe in
seiner Wohnung auf und ab läuft und nuschelige
Sätze wiederholt.
Jedoch offenbarte sich Hansi als eine sehr liebe,
sensible Seele, die es wirklich schwer gehabt haben
muss.

Meine Arbeitskollegin Sabine erzählte mir, dass er
als Kind von seiner Mutter vergiftet wurde. Fatal!

Ein Stockwerk über Hansi wohnt Monika.
Sie ist 55 Jahre alt und trägt 24 Stunden am Tag
Pflegehosen.
Nicht unbedingt, weil sie es muss, sondern weil sie
zu faul ist, auf Toilette zu gehen, so erzählte sie es
mir am ersten Tag.

Monika bekommt immer wieder spontane
Lachanfälle, bei denen man einfach mit lachen
muss.
Eines Tages kam ihr Freund zu Besuch, als ich
gerade dabei war, Monikas sehr korpulenten Po, in
ihrer viel zu engen Dusche zu waschen.
Ihr Freund Helmut war geschlagene 95 Jahre alt.
Er erzählte mir, dass er Schriftsteller sei (oder war)
und war ganz entzückt von meinem Vornamen, so
würde auch eine Romanheldin heißen in einem
seiner Bücher.

Ich erzählte meiner Kollegin Sabine, dass ich
Helmut kennengelernt hatte.
Wunderte mich schon über diesen Alters- und
geistigen Unterschied zwischen den beiden.
Sabine erzählte mir, sie hätte die Zwei bereits einige
Male in flagranti erwischt.
Es geht bei Monika und Helmut wohl überwiegend
um eine körperliche Beziehung.

Die älteste Patientin heißt Frau Meier.
Stolze 101 Jahre alt. Sie ist ganz dürr und wirkt
sehr zerbrechlich. Ich bin nicht der Ansicht, dass
sie noch alleine in ihrer Wohnung leben sollte.
(Im Gegensatz zu ihren Kindern, die viermal im
Jahr zu Besuch kommen)
Täglich kommen wir dreimal bei ihr vorbei. Morgens
helfen wir ihr aus dem Bett, beim Waschen und

bereiten ihr das Frühstück zu. Mittags bringen wir ihr das Essen auf Rädern Menü.
Abends bringen wir sie ins Bett, nachdem sie das Abendbrot meistens stehen lässt und verweigert.

Frau Meier liegt dann oftmals da wie ein Baby und schmust mit ihrem Stofftier.
Sie möchte dann auch nicht, dass wir gehen. Meist warte ich, wenn ich bei ihr Abenddienst habe, bis sie eingeschlafen ist und streichle sanft ihren Rücken.

Heute, als ich Frau Meier den Mittagstisch brachte, musste ich schon ein bisschen schmunzeln.
Ich fragte sie, ob ich ihre Toilette benutzen dürfe.
Sie drehte sich um zu mir und sagte: „Also, die Toiletten für die Bediensteten ist im Keller."

Wie lange ich es mit Andi noch aushalte, weiß ich nicht.
Was mich am meisten stört, ist, dass er einfach nichts für sich und sein besseres Wohlbefinden tut.
Auch die Urlaube nach Holland gehen mir mittlerweile gegen den Strich.
Will viel lieber in den Süden fliegen!
Warum ich immer noch bei ihm bin?
Aus Angst, Andi wieder zu verletzen und wer weiß, vielleicht springt er ja nochmal vom Balkon.
Und seine Familie hält mich auch irgendwie ganz schön in der Zwangsjacke.

Liese meint immer, es wäre schön, wenn wir heiraten würden. Wir seien doch ein tolles Paar.
Ich sehe es etwas anders, fühle mich eher wie seine Krankenschwester.

Andi hat mittlerweile fast seine gesamte
Versicherungssumme verbraucht.
Da sein „Behinderungsgrad" nicht ausreicht,
bekommt er auch keine Frührente. Schließlich gibt
es Mittel und Wege, seinen Gesundheitszustand zu
verbessern, womit sie absolut Recht mithaben.
Seine neueste Idee, bei Fischer, Andis Kumpel,
eigene Heilkräuter anzubauen, erwies sich als sehr
schlechte Idee.

Einige Tausend Euro hatte Andi investiert für
sämtliche Gerätschaften.
Jedoch hatte Fischer ihn „beschissen".
Er meinte, dass die Pflanzen leider Schimmel
ansetzten. Was allerdings nicht stimmte. Fischer
erntete, verkaufte das Zeug und Andi ging leer aus.

Die Arbeit als Schwesternhelferin macht mir ebenso
zu schaffen. Zwölf Tage Dienst am Stück, dann zwei
Tage frei. Die Patienten kommen und gehen wie im
Taubenschlag.
Manche Schicksale einiger Patienten gehen mir so
an die Nieren, dass sie mich gar nicht mehr
schlafen lassen.

Frau Winter sitzt von morgens bis abends nur auf
ihrem Stuhl mit ihrer Demenz. Jeden Tag aufs
Neue muss man sich bei ihr vorstellen, da sie einen
jeden Tag wieder vergessen wird.
Wenn wir ihr morgens Frühstück zubereiten, muss
man Frau Winter alle paar Sekunden daran
erinnern, dass sie von ihrem Brot abbeißt und
etwas trinken soll.
Sie lacht dann immer und drückt einem ganz
liebenswert die Hand und sagt dabei:
        „Mit Geduld und Spucke, fängt man eine Mucke."

Ich finde es furchtbar, wieder gehen zu müssen.
Weiß, dass sie den ganzen Tag nur auf ihrem Stuhl
sitzt.

Frau Meier liegt wieder im Krankenhaus mit einem
Oberschenkelhalsbruch.
Ihre Kinder sind nach wie vor der Meinung, sie
könne alleine leben.
Ich verstehe auch nicht, wie sie damit
durchkommen, bei der Pflegeaufsichtsstelle.
Wahrscheinlich ist Frau Meiers Sohn auch bei den
Freimaurern und hat allerlei Einfluss, anders kann
ich es mir nicht erklären.

Am allermeisten tut mir das Ehepaar Jensen leid.
Frau Jensen liegt seit zehn Jahren, wie im
Wachkoma, in einem Pflegebett in der Wohnstube,
ihres eigenen Hauses. Sie trägt eine Magensonde,
Katheter und Beatmungsgerät.
Ihr 84 - jähriger Mann pflegt sie, obwohl er selbst
kaum noch kann, möchte das aber unbedingt.
Seine Frau wäscht er täglich (mit unserer Hilfe),
putzt ihr die Zähne, kämmt sie, dreht sie mehrmals
täglich im Bett, damit sie keine Druckstellen
bekommt, wechselt ihre vollen Katheterbeutel.
Sie hat immer einen starren, ängstlichen Blick.
Herr Jensen kommt kaum zum Essen oder
Schlafen. Er opfert sich regelrecht für sie auf.
Kommt so gut wie nie aus dem Haus seit Jahren.
Meine Güte, das ist doch kein Leben für die
beiden.

12. September 2006:

Andi hatte gestern seinen 30. Geburtstag.

Gefeiert haben wir im Garten von Andis Bruder, der in Ellund (ca. 5 Km von Harrislee) letztes Jahr ein Haus gebaut hat.

Wir bauten einen großen Pavillon auf für die knapp 20 Gäste.
Seine Familie hatte einige Späße für ihn vorbereitet. Unter anderem musste er mich mit verbundenen Augen als Braut verkleiden, was ich insgeheim gar nicht so lustig fand.

Liese hatte gehofft, dass Andi vielleicht die Gelegenheit nutzt, mir einen Antrag zu machen, doch dazu kam es glücklicherweise nicht.
Natürlich gab es auch allerlei alkoholische Getränke.

Richard, Andis Stiefvater, war schon leicht angetrunken. Da erzählte er uns ganz unverblümt von seiner damaligen Aufnahmeprozedur in die Freimaurerloge.
Drei Tage hätte er in einem Sarg verbracht.

Weiß nicht so recht, ob ich das glauben soll.
Am späteren Abend saßen wir alle im Pavillon, da hörte ich meine Mutter reden, was ich doch früher für eine Schlampe gewesen sei, was zwar nur meine Zimmer-Unordnung betraf, ihre Worte mir jedoch trotzdem weh taten.

Dezember 2006:

Ich habe mir eine eigene Wohnung genommen. Unweit von Andis Wohnung, bin aber heilfroh, dass ich nicht mehr mit ihm zusammen in einer Wohnung lebe.

Der erste Schritt, um mich von ihm zu lösen.
Meine Neubau-Wohnung ist 33 Quadratmeter klein
und ohne Balkon.
Aber es stört mich nicht im Geringsten. Richte sie
mir sehr gemütlich ein.

Ich genieße einfach nur diese Ruhe.
Mein Job schlaucht mich weiterhin, weil mir die
Patienten so leid tun.
Arbeite jeden Tag eine Stunde freiwillig mehr, damit
ich den Patienten wenigstens etwas gerechter
werden kann und ich mir vom Chef nicht mehr
anhören muss, warum ich immer so lange brauche,
wenn er meine Stundenzettel durchschaut.

Da trage ich mittlerweile nur noch die vorgegebenen
Minuten ein, die von der Pflegekasse gezahlt
werden.
(Zum Beispiel: 7 Minuten für Aufstehhilfe aus dem
Bett und Thrombose-Strümpfe anziehen. Bei einem
97-Jährigen, wie zur Hölle soll das gehen?)

Ich werde mich dieses Jahr freiwillig für die
Feiertagsdienste eintragen. Habe absolut keine
Lust, wieder Weihnachten bei Andis Familie zu
verbringen. Das wäre meinerseits nur noch
Heuchelei.

28. Dezember 2006:

Hatte gestern einen freien Tag. Ich habe Andi kurz
besucht. Er erzählte mir vom Weihnachtsfest bei
seiner Familie. Seine Schwester hatte ihren Freund
mitgebracht, der Moslem ist.

Liese hatte deshalb extra Izmir Köfte (gewürzte Hackbällchen) gemacht, allerdings aus Schweinehack.
Das fiel ihr erst in voller Aufregung ein, nachdem sie alles fertig hatte.
Sie hatte es Andi und ihrer Familie heimlich erzählt, dass sie vergessen hat, dass er kein Schweinefleisch isst.
Alle haben geschwiegen. Bin froh, dass ich nicht mit dabei war, weiß nicht, ob ich hätte schweigen können wegen dieser Fleischverwechslung.

April 2007:

Gestern Nacht habe ich Andi gesehen.
Bin endlich, seit langer Zeit, mal wieder ausgegangen. Mit einer Freundin ins Sasa, die älteste Diskothek in Flensburg am Hafen.
Habe dort Ingolf kennengelernt, wir waren uns gleich sehr sympathisch. Nach dem Tanzen gingen wir noch am Hafen entlangspaziert.

Da sah ich Andi auf der anderen Straßenseite mit einer Horde Menschen, die ich nicht kannte.
Sofort als er mich erblickte, pöbelte er über die Straße, was ich für eine Schlampe sei. Er hat unsere endgültige Trennung, die einige Wochen her ist, nicht gut verkraftet.
Der letzte Besuch bei ihm verlief nicht sonderlich gut.

Einige Wochen vorher:

Es war höchste Zeit, dass Ella mit Andi einen Schlussstrich ziehen musste.

Sie wollte endlich wieder ein eigenes Leben führen,
sich um sich selbst kümmern.
So kam der Tag, an dem sie Andi sagen musste:
„Es ist vorbei."
Er war wütend und enttäuscht zugleich. Schmiss
Gegenstände durch seine Wohnung, während Ella
noch in seinem Wohnzimmer stand und nach ihrer
Digital-Kamera fragte, die er ebenso in seiner Wut
in ihre Richtung warf.

Um ein Haar hatte Andi sie mit der Kamera
getroffen, jedoch kam Ella das jahrelange
Volleyball-AG-Training in der Schule zugute, so
dass sie die Kamera gekonnt auffing. Danach
verwies er sie aus seiner Wohnung. Am nächsten
Tag hatte Ella noch eine kleine „Überraschung" im
Postkasten.
Nasse Wäsche, einige Socken und ein Top, hatte
Andi anscheinend noch in seinem Wäschekorb
gefunden, der ehemals gemeinsamen Wohnung und
sie Ella in den Postkasten gestopft, die er
„netterweise" vorher noch gewaschen hatte.

Ich ignorierte Andis Gepöbel am Hafen.
Ingolf brüllte zurück:
„Sage mal, spinnst du, du Affe?" Ich wollte gleich
über die Straße zu Andi rennen, hielt ihn jedoch
davon ab. Bat Ingolf, er solle sich bitte beruhigen
und mit mir einfach weitergehen.
Anschließend klärte ich ihn auf, dass es mein Ex-
Freund sei und er einfach sehr enttäuscht wurde.

Was meinen Job als Schwesternhelferin angeht.
Damit habe ich ebenfalls Schluss gemacht.
Schweren Herzens habe ich mich von den Patienten
verabschiedet.

Mein Lieblingskunde Herr Dettmann verstarb drei
Tage nach meiner Kündigung.
Frau Winter würde bis heute, wie jeden Tag, nicht
wissen, wer ich bin und mich deshalb auch nicht
vermissen.

Frau Meier lebt weiterhin alleine in ihrer Wohnung.
Herr Jensens Frau war bereits vor meiner
Kündigung verstorben, da war ich das letzte Mal im
Januar.

Nun arbeite ich wieder im Einzelhandel. Meine
Stiefmutter Biggi gab mir den Tipp, mich dort zu
bewerben in einem großen, neuen, dänischen
Lifestyle-Kaufhaus in Flensburgs Innenstadt.

Ich werde dieses Jahr endlich in den Urlaub fliegen,
so der Plan.
Und mich vor allem erst mal erholen von meinen
sieben Jahren als Krankenschwester.

KAPITEL

14

Immer wieder Mallorca

Ellas Tagebucheintrag, Mai 2012:

Auch dieser Mallorca Urlaub war echt schön.
Wieder eine andere Ecke entdeckt.
Diesmal weiter im Norden, Can Picafort, was so viel
heißen soll wie, „Hau drauf".

Der Strand ist sehr weitläufig, die Wellen größer,
das Meer unruhiger als im Südwesten.
Das Schwimmen wurde dort manchmal zu einem
richtigen Abenteuer.

Der Ort ist zwar auch einer der Größeren, jedoch
mit vielen ruhigen, verträumten Ecken.
Die Promenade lädt zu langen Spaziergängen ein,
wo man den Sonnenuntergang direkt beobachten
kann.
Unser Hotel war eines der Schönsten, wo ich bisher
Urlaub gemacht habe.

Die Zimmer groß, modern, sauber und geräumig.
Das Essen war exzellent.
Das Personal allesamt sehr freundlich.
Der Poolbereich war großzügig und es gab mehr
Liegen als Urlauber und keiner musste seine
Reservierauflage, ein Handtuch, auf den Liegen
hinterlassen.
Dort könnte und würde ich jederzeit gerne wieder
Urlaub machen.

Ellas Tagebucheintrag, 25. August 2013:

Voller Vorfreude packte ich heute meinen blauen
Koffer, wollte so viel Sommerkleidung wie möglich
mitnehmen. Diese würden sonst noch in diesem
Jahr im Schrank einstauben.

Dieser Sommer in Flensburg war mal wieder
typisch für Flensburg, überwiegend kalt, grau und
nass.
Habe vor drei Wochen spontan Urlaub nach
Paguera gebucht.

In einem kleinen Familienhotel, Namens Villa Cati,
liegt in einer ruhigen Seitenstraße und ist nur
wenige Gehminuten vom Strand entfernt.
Zwar nur für fünf Tage, aber Hauptsache wieder
nach Mallorca.

Ich verschenkte die Reise an Ingolf, zu unserem
ersten Hochzeitstag am 18.08. Ich glaube, er hätte
sich mehr über einen Angelurlaub gefreut.
Das machen wir aber schon so oft und ich war
auch echt Insel-Urlaubsreif.
Endlich werde ich morgen meine geliebte Insel
wieder sehen.

War erst knappe vier Monate her, als wir letztes Mal dort waren.

Ellas Gedankentagebuch, 1. Mai - 13. Mai 2013:

Wir reisten mit fünf Personen in Can Pastilla an. Mein Vater, seine neue Freundin, meine Mutter, Ingolf und ich. Meine Mutter hatte reichlich Bammel vor dem Flug. Es war über 35 Jahre her, als sie in einem Flugzeug saß.

Mein Stiefvater Freddy war richtig sauer. Meine Mutter hatte ihm eine Notlüge erzählt, dass wir sie zu diesem Urlaub eingeladen hatten, jedoch änderte es nichts an seinem Groll dagegen. Nicht einmal zu ihrem Geburtstag hatte er angerufen, am 11. Mai.

Ich befand seine Art als ziemlich kindisch. Auch in einer Partnerschaft sollte man doch alleine Urlaub machen können. Er selbst hatte nie Lust, in den Süden zu fliegen. Es steckte auch noch mehr hinter seiner Eingeschnapptheit.

Ingolf hatte meiner Mutter versprochen, ihr nach dem Urlaub ein Tattoo zu stechen. Damit war Freddy auch überhaupt nicht einverstanden. Davon ließ sich meine Mutter dennoch weder den Urlaub noch ihren Geburtstag vermiesen. Der Tag war durchaus gelungen. Wir schmückten unseren Tisch im Frühstücksraum für sie.

Ein paar Ballons, Konfetti, Teelichter und zwei
Geschenktüten.
Das Hotel spendierte einen Piccolo.
Als wir fertig waren, holte ich meine Mutter
herunter und wir trugen ein Ständchen vor,
rührten sie damit zu Tränen.
Die erste Geschenktüte, die sie auspackte, war von
mir, mit folgendem Inhalt:
- Shoppinggutschein für dein Lieblingskleid
- Gutschein für ein Umstyling
- Kosmetiktasche mit Schminktutensilien

Noch nie habe ich meine Mutter geschminkt und in
einem Kleid gesehen.
Ich fand, ihr Geburtstag war der beste Anlass, um
dies zu ändern.
Von Papa und seiner neuen Freundin bekam sie
eine Einladung zum Essen für den heutigen Abend
sowie ein kleines Pflegecreme-Set.

Das Shoppen machte richtig Spaß, ich zwang meine
Mutter in diverse Kleider, bis sie schließlich ein
langes Schönes in Weiß fand. Zwischendurch
machten wir Pausen in Cocktailbars.
Am Abend hatte ich sie dann richtig schön
zurechtgemacht. Zwar hatte sie das neue Kleid
(welches auch eher zu einem Strandspaziergang
passt) nicht an, sah aber dennoch richtig klasse
aus in ihrem schwarzen Hosenanzug, den sie zu
meiner Hochzeit trug.

Wir gingen erst Essen, dann anschließend Richtung
El Arenal, wo Mutti unbedingt Micky Krause sehen
wollte.
Im Eintrittspreis enthalten war noch ein Geschenk
nach Wahl, Perücke oder T-Shirt. Wir entschieden

uns für die Perücke, die wir allerdings vor lauter
Hitze, nicht lange aushielten.

Über unser Hotel gibt es nicht so viel Schönes zu
berichten.
Wahrscheinlich lag es an dem Alter des Hotels.
War gute 30 Jahre alt und wenn man sich die
Möbel anschaute, standen die wohl schon seit der
Eröffnung hier.
Die Matratzen waren auf jeden Fall so
durchgelegen, dass sich der Federkern in den
Körper bohrte.

Das Doppelzimmer von Ingolf und mir lag direkt am
Verkehrskreisel von Can Pastilla, war der erste
Urlaub, wo ich kein Auge zubekam.
Ich weiß nicht, was schlimmer war.
Die Matratzen oder der laute, dröhnende
Verkehrslärm.

Am nächsten Morgen bat ich um einen
Zimmerwechsel. Das neue Zimmer war etwas
ruhiger, die Matratzen nicht ganz so schlimm, aber
immer noch schlimm und man verlangte 10 €
Aufpreis von uns pro Tag (für was?).

Auch die anderen waren nicht wirklich zufrieden
mit ihren Zimmern.
Die Freundin meines Vaters brach deshalb auch
am 2. Tag beim Frühstück (welches leider auch
ziemlich spärlich war) in Tränen aus.
Sie hatte den Urlaub für uns gebucht.
(Ich wollte uns lieber in Can Picafort einquartieren).
Und fühlte sich nun schuldig uns gegenüber, in
was für ein schlechtes Hotel sie uns da gebracht
hat.

Wir trösteten sie, sagten, dass wir einfach das Beste draus machen, können doch froh sein, dass wir in diesem Hotel keine Halbpension hatten und jeden Abend essen gehen konnten.
Und der Poolbereich war doch eigentlich ganz schön.

Trotzdem muss ich in diesem Ort nicht nochmal Urlaub machen, auch wenn es in einem besseren Hotel wäre.
Can Pastilla, ein Vorort von El Arenal.
Für mich ist der Ort viel zu laut.
Nicht nur die zahlreichen Autos machen eine Menge Lärm. Auch die Nähe zum Flughafen ist nicht zu überhören.

Und die feiernden Menschenhorden, die sich hier schon danebenbenehmen, nicht erst, wenn sie El Arenal erreicht haben, finde ich einfach zum Fremdschämen.

27. August 2013:

Gestern sind Ingolf und ich in der Villa Cati angekommen.
Es ist einfach herrlich, wieder hier zu sein. Die Hitze macht mir gerade überhaupt nichts aus.

Ich schwitze lieber, als dass ich frieren muss. Den überfüllten Strand haben wir gemieden, sind erst gegen Abend an den Strand und gleich ins warme, türkisblaue Meer gesprungen.
Danach hatten wir noch mächtigen Hunger, schlenderten am Boulevard von Paguera entlang.
Dort entdeckten wir einen kleinen Pizza-Imbiss.

Die blond gelockte Verkäuferin war total freundlich und bereitete unsere Bestellung zum Mitnehmen frisch zu. Einfach köstlich war diese Pizza, gepaart mit dem wundervollen Blick aufs Meer, fühlte ich mich unendlich reich.

Ich weiß, kaum angekommen, in wenigen Tagen werde ich diese Insel wieder wehmütig verlassen, mein selbst ernanntes Paradies. Ich verliebe mich immer mehr in diese Insel, seit ich das erste Mal im Jahr 2008 hier Urlaub gemacht habe.

Juli 2014:

Erstens kommt es anders. Zweitens, als man denkt.

Den zweiten Hochzeitstag mit Ingolf wird Ella nicht mehr erleben. Sie trennte sich von ihm, er war nicht mehr der Mann, in den sie sich einst verliebt hatte, im Jahr 2007. Außerdem waren einige unschöne Dinge passiert.

Gesundheitlich ging es Ella auch nicht wirklich gut. Es musste unbedingt Erholung her.
Und so beschloss Ella wieder in ihr Paradies zu fliegen, diesmal für länger.

KAPITEL

15

Hätte ich das bloß vorher gewusst

Ellas Gedankentagebuch, Datum unbekannt:

Hätte ich bloß vorher gewusst, was da alles im Leben auf mich zukommt.
Wer weiß, vielleicht hätte sich meine Seele einen anderen, menschlichen Körper ausgesucht.

Ich habe einmal in einem Buch gelesen, dass wir, bevor wir neu inkarnieren, mit uns einen Seelenvertrag vereinbaren, unsere Seele bereits weiß, was für ein Leben wir führen werden.
Uns mit anderen Seelen verabreden, denen wir begegnen werden, die uns Aufgaben stellen und uns prüfen.

Ich bin mir nicht sicher, ob meine Seele dieses Leben wirklich vereinbart hat.

Oftmals denke ich, dass ich den Körper verfehlt habe, in dem ich eigentlich dieses Leben hätte führen wollen. Fühle mich manchmal wie eine Lieferung vom Storch, die an die falsche Adresse abgeliefert wurde, da ich mit vielen Ereignissen in meinem Leben einfach nicht einverstanden bin.

Ich beschließe an meine Seele einen neuen Vertrag zu verfassen, schon mal vorsorglich für mein nächstes Leben:

„Liebe Seele, ich möchte mit dir folgenden Vertrag eingehen. So soll mein Leben in der nächsten Inkarnation verlaufen.
Ich möchte wieder als Mädchen geboren werden, es herrscht kein Impf- und Schulzwang.
Ich werde an einem Ort und zu einer Zeit geboren, wo jeder Mensch sein Geburtsrecht erhält: Ein selbstbestimmtes, freies Leben zu führen voller Glück und Fülle.
Es herrscht Frieden auf der Erde, der nicht von Eliten und Geheimbünden beherrscht wird, die den Rest der Menschheit versklavt und ausbeutet.
Ich wünsche mir Eltern, die sich und mich bedingungslos lieben.
Möchte mit einer großen Schwester und einem kleinen Bruder auf unserem Bauernhof groß werden.
Ich besuche eine freie Schule. Yoga, Spiritualität gehören zu den Grundschulfächern.
Meine Eltern bauen eigenes Obst und Gemüse an. Beide sind Gärtner.
Wir haben Hühner, zwei Schafe, vier Katzen und einen Familienhund, alle verstehen sich prächtig.
Ich schreibe Tagebücher, später werde ich Bestsellerautorin, mein Studium zahlt sich aus.

Unsere Familie ist sehr groß, oft kommen sie einfach spontan vorbei.
Wir veranstalten gerne Familienfeste.
Nach meinem Studium gehe ich erst mal reisen.
Möchte die Welt kennenlernen.
Ich bereise Österreich, Irland, Italien, Griechenland, Spanien, Jamaika und sogar Thailand, wo ich ganz fasziniert bin vom Nichiren-Buddhismus.
Ich bete seit der Reise täglich, die ich mit 25 Jahren antrete.
Weitere Reisen inspirieren mich noch mehr zu schreiben, so kommt es, dass ich einen Bestseller nach dem anderen schreibe. Meine Eltern sind unendlich stolz auf mich und meine größten Leserfans.
Einige Jahre später lerne ich die Liebe meines Lebens kennen.
Wir bekommen zwei Kinder, erst ein Mädchen, dann ein Junge. Sie wachsen auf Mallorca auf.
Mallorca ist meine Wahlheimat, finde es dort am schönsten.
Wir leben auf einer wunderschönen Mehrgenerationen-Finca mit einladendem Pool, schattigen Plätzen für Yoga und Meditationen. Auch wir bauen natürlich selbst Obst und Gemüse an.
Pflanzen, Blumen und Sträucher für Bienen und Schmetterlinge.
Die Erdbeerhochbeete sind mein ganzer Stolz.
Für Freunde und Familie haben wir immer einen Platz frei.
Meine Schwester Mel und ihr Mann besuchen uns sehr oft. Und überlegen zu bleiben, was sie dann auch eines Tages tun werden.
Später werden Mama und Papa zu uns kommen, wenn sie ein gewisses Alter erreicht haben und wir

werden sie würdevoll in ihre nächste Inkarnation begleiten, so wie es meine Kinder tun werden."

Liebe Seele, bitte hier unterschreiben.

Bis es soweit ist, muss ich mich mit meinem jetzigen Leben zufriedengeben. Wäre es nicht so ereignisreich, würde ich auch bestimmt keine Bücher mit meinen Berichten füllen können. Meine Seele wollte es wohl genau so.
(Eintrag Ende)

KAPITEL

16

Ahnen

Juni 2023:

Nach dem Besuch der Ahnenkarten-Legerin, beschäftigte Ella sich sehr intensiv mit dem Thema Ahnen.
Sie erinnerte sich noch gut an die Worte ihrer Hebamme: Wenn wir geboren werden, tragen wir immer das Erbgut unserer sieben Generationen vor uns, in uns.
Sie dachte an Micha (den sie einst Willi Wichtig taufte), der ein furchtbarer Vater für seinen Sohn war. Der Sohn war mittlerweile ebenfalls ein furchtbarer Vater geworden.
Von Ellas Sohn. Diese Ahnenfolge soll sich auf keinen Fall fortführen!

Dann widmete sich Ella ihren Ahnen.
Sie machte sich eine Liste ihres Stammbaums und stellte fest, dass bei ihrer jetzigen, weiblichen Generation (also die Familienmitglieder, die noch leben) fast immer der Mann dazu fehlt.
Allesamt ihre Tanten inklusive ihrer Mutter sind ohne Partner, waren oder sind alleinerziehend.

Dann widmete sie sich ihren bereits verstorbenen Vorfahren.
Ihre Omas und Opas sind schon lange verstorben.
Sie überlegte, wer das älteste Familienmitglied war, welches sie jemals begegnet ist.
Ihre Uroma aus Gleschendorf.
Sie war dort einmal mit ihrer Mutter zu Besuch.
Da muss Ella etwa 4- 5 Jahre alt gewesen sein.

Ellas Gedankentagebuch:

Ich erinnere mich daran, dass meine Uroma ziemlich streng war. Wie ich heutzutage eher sagen würde, emotionslos.
Ich weiß nicht einmal ihren Vornamen, meine Mutter hat sie immer nur Omi Gleschendorf genannt, habe sie nur sieben Tage in meinem Leben kennengelernt. Ich musste die kratzigen, selbst gestrickten Unterhosen aus Wolle tragen, das weiß ich noch genau.
Dieses unausstehliche Kratzen vergisst man nie.
Genauso wie ihre furchtbare Kochkunst.
Die Hühnersuppe bestand nur aus Fettaugen. Ich durfte nicht vom Tisch aufstehen, bevor ich die Suppe aufgegessen hatte, obwohl ich sie kaum runterbekam vor Ekel.

Doch Omi bestand darauf und lag mir mit Sätzen wie: „Früher hatten wir nichts zu essen, also iss auf", in den Ohren lag.
Sie verließ für einen kurzen Moment die Küche, wo sie mich haarscharf beobachtete, dass ich auch gefälligst aufesse.
Ich nutzte diesen Moment und suchte hektisch nach einem Platz für diese ungenießbare Suppe, kippte sie schließlich hinter einen Küchenschrank,

wo ein Spalt zwischen Schrank und Wand zu
finden war. Genauso machte ich es mit dem süß-
saurem Senfei, war heilfroh, dass Omi immer auf
Toilette musste, während ich essen musste.
An eine andere Situation erinnere ich mich
ebenfalls.
Ich erkundete ihren pflanzenprächtigen Garten, als
mich urplötzlich eine Biene (oder Wespe ?) in den
Oberarm stach, lief heulend ins Haus und schrie
wie am Spieß.
Omi brüllte meine Mutter an, was ich doch für ein
hysterischen Kind sei. (Ich glaube, so sind Kinder
nun mal).
Wütend von meinem Geschrei, nahm Omi eine
Zwiebel, zerschnitt sie in zwei Hälften, gab mir eine
Hälfte und sagte in ihrem Befehlston:
    „Hier, mach dir die Zwiebel auf deinen Stich!"
Das sind die einzigen Erinnerungen an sie. Bis
heute schmiere ich mir übrigens Mückenstiche mit
Zwiebel ein. Ein echtes Wundermittel. Also danke
dafür, Oma Gleschendorf.
(Eintrag Ende)

Ella dachte an sie, die bestimmt eine Erziehung im
knallharten Ton hat erleben müssen. Hatte es nicht
anders gelernt.
Und gab ihre Erziehung an ihre Kinder weiter.
Ellas Oma (dessen Vorname sie auch nicht mehr
weiß) hat sie auch nur einmal gesehen, da war Ella
ungefähr elf Jahre alt.
Ellas Mutter wollte sich mit ihren Eltern versöhnen
und so machten sie sich mit dem Zug auf den Weg
nach Eutin. Auch bei Oma Eutin fiel Ella diese
„Härte" im Gesichtsausdruck auf.
Besonders glücklich schien sie nicht zu sein.

Oma Eutin verstarb dann recht früh, zwei Jahre später.

Was hatte Ella alles mitbekommen von ihren Ahnen?
Sicherlich waren in ihren Zellen noch einiges an Erinnerungen ihrer Vorfahren gespeichert, dessen eingefrorene Gefühle bis zu Ella weitervererbt wurden.

Ella kam zu der Erkenntnis, dass sie wohl die Generation ist, diese Gefühle zum Auftauen zu bringen.
Und das ist bis Dato ein langer, steiniger Weg.

Auch das Thema Männer hatte bei der Ahnenlegung eine ganz klare Botschaft für Ella.
Auf die Frage, warum sie immer die „falschen Männer" in ihrem Leben bisher anzog, bekam Ella eine ganze klare Antwort und ist auf die Kindheit ihres Vaters zurückzuführen.

Ellas Vater war sehr ungeliebt von seinem Vater. Er verprügelte ihn regelmäßig und steckte ihn ins Heim. Ella bekam diese unschönen Erinnerungen mit vererbt. Und da Ella ihren Vater immer sehr geliebt hat, musste regelmäßig unbewusst das Gefühl des Leidens in Ellas Leben entstehen.
So eine „Bürde" muss man erst einmal verstehen und vor allem beginnen sich „umzuprogrammieren".

Man muss lernen „Nein" zu sagen, auch zu seinen Ahnen. Dass man sein eigenes Leben führt und nicht verantwortlich ist für die Urwunden anderer.

KAPITEL

17

Flensburg 2023, Teil 2

Ellas Tagebucheintrag, 8. Juli 2023:

Ich spazierte heute zum Museumsberg. Bin erstaunt über die positive Wandlung des Außenbereiches.
Der Bürgermeister von Flensburg hatte erst vor einigen Tagen den neuen Springbrunnen eingeweiht.
Drumherum waren neue Bänke aus hellem Beton und Holz entstanden. Der riesige Museumsgarten nebendran, hatte ebenfalls neue Bänke und ein ganz neues Gesicht bekommen.
Um den Obstbäumen herum waren neue Beete entstanden. Kräuter und Insekten freundliche Pflanzen gepflanzt worden, die mächtig geflügelte Besucher anzogen.
Ich ging zu der alten Spiegelgrotte, die bereits um 1860 gebaut wurde. Dieses achteckige, unterirdische Gebäude ist mit einer gläsernen

Kuppel überwölbt, dadurch wurde es von oben belichtet. Ursprünglich hatte diese Grotte sieben spitzbogige Spiegelnischen. Die Funktion ist bis heute nicht geklärt. Nur so viel steht auf dem Informationsschild: „Wer die Grotte betritt, dem bietet sich der Blick ins Unendliche, aber er ist auch unweigerlich mit sich selbst konfrontiert. Die Funktion der Spiegel geht über eine reine, sinnliche Wahrnehmung hinaus in den transzendenten Bereich der Wahrnehmung. So hat dieses einzigartige Gebäude eine philosophische Dimension."

Besichtigen kann man diese Spiegelgrotte leider nicht mehr, jedoch konnte ich heute einen kleinen Blick hinein erhaschen.
Durch einen schmalen Spalt neben der halbrunden Eisentür konnte ich die Spiegel erkennen. Wie gerne wäre ich dort hineingegangen, hätte dieses optische Erlebnis gespürt.

Ich ging weiter in Richtung Wiese, dort fiel mir das Möwenbaby auf, welches ich vor einigen Tagen am Kirchplatz sah.

Anscheinend hat es sich hier am Museumsplatz ein neues Zuhause ausgesucht. Es sah wohlgenährt aus und kann sogar fliegen.

9. Juli 2023:

Heute ging ich wieder „zufällig" an einem Karton vorbei, wo es was zu verschenken gab.
Neben DVDs mit schnulzigen Liebesfilmen fand ich einen Buddha. Dankbar nahm ich ihn mit.

10. Juli 2023:

Waren heute am Flensburger Hafen.
Das „Blaulichtfest" lud uns dazu ein. Natürlich war
es gerammelt voll.
Stände der Feuerwehr, Polizei und Rettungsdienst
waren dicht nebeneinander aufgebaut.
Dazwischen übliche Stände, die für das leibliche
Wohl sorgten.

Wir entschlossen uns, nach der Hubschraubershow
den Trubel zu verlassen, gingen Richtung Werftweg,
der auf der anderen Seite des Hafens liegt und zu
einem längeren Spaziergang einlud.
Fast hätte ich die kleine Strandbucht vergessen, an
der man vorbeikommt auf diesem Weg.
Wir machten dort eine längere Pause.
Das sonnige Wetter lud meinen Sohn zu einem Bad
ein, der voller Vergnügen gleich Nackedei im
Wasser planschte.

Ich verstand nicht, warum dieser schöne Platz leer
war an dem heutigen Tag.
Dachte dann aber, er war wahrscheinlich für uns
reserviert. Dieser Ministrand (ca. fünf Meter breit
und fünf Meter lang) verlieh einem sofort das
Strandfeeling mitten am Hafen. Selbst das Wasser
war dort klar.
Später gesellten sich einige Kinder mehr dazu, die
ebenfalls planschen wollten.
Auch wenn sich keiner vorher kannte von den
Kindern, sie haben alle so friedlich und mit
größtem Vergnügen dort miteinander gespielt, so
dass die Kinder gar nicht mehr weg wollten.

Das übliche Problem ein WC zu finden, wenn man länger unterwegs ist, war auch behoben. Gleich nebenan fand ich die saubersten, öffentlichen Toiletten vor, die ich jemals benutzt habe.
Die Eingangstür für die Frauen verliehen einem gleich ein Grinsen auf dem Gesicht: „Hier ist für Deern du Fischkopp." Stand dort drauf.

12. Juli 2023:

Heute ging es nochmal nach Harrislee zum Erdbeerfeld. Die Saison wird bald zu Ende sein. Man sah es dem Feld an, nur noch wenige Stäbe waren in der hintersten Ecke aus weiter Ferne zu erkennen.

Die Platzanweiserin war ganz aufgebracht. Eine acht-köpfige, ausländische Familie war anscheinend schon seit einer Stunde auf dem gesamten Rest der pflückbaren Erdbeerstellen, allesamt futterten sie sich mit Erdbeeren voll, doch niemand von ihnen hatte eine Schale dabei, die später abgewogen wird, um zu bezahlen. Sie verwies die Familie trotzdem freundlich vom Feld und erzählte mir anschließend, dass dies leider kein Einzelfall ist.
Letzte Woche hätten 30 Leute (anscheinend alles eine Familie) dies genauso gemacht, als die Einweiserin fragte, wo ihre Sammelschüsseln sein, verstanden sie angeblich nichts und verließen in aller Seelenruhe das Feld.

14. Juli 2023:

Mir fällt die steigende Armut auf in Flensburg.

Täglich sehe ich immer mehr Pfandflaschen
Sammler, die gebeugt über den Mülleimern stehen
und Menschen, die auf der Straße um Geld betteln
oder Regenablaufgitter nach
verlorengegangenen Münzen absuchen.
Auch der Südermarkt, wo mittwochs und samstags
der Wochenmarkt stattfindet, ist voller geworden
mit Menschen, die dem Alkohol und der Armut
verfallen sind.

Heute hat mich ein junger Mann angesprochen, er
muss um die Mitte gewesen zwanzig sein, fragte
mich höflich, ob ich etwas Geld für ihn hätte, damit
er sich etwas zu essen kaufen kann.
Natürlich gab ich ihm etwas Geld.
Dieses Erlebnis heute veranlasst mich zu folgender
Frage.

Wie kann es sein, dass Bürger aus dem eigenen
Land verhungern müssen, wenn sie nicht um Geld
betteln würden, während andere sich seelenruhig
gratis mit Erdbeeren vollstopfen?
Verkehrte Welt irgendwie.

15. Juli 2023:

Ich hörte heute von einem neuen Buch mit dem
Titel „Das Ende der uns bekannten Welt" von
Friedrich Krüger. Wollte es mir gleich besorgen.
Habe sämtliche Buchläden in Flensburg
abgeklappert. Leider ohne Erfolg. Es sind brisante
Themen enthalten. Sicherlich wird alles dafür
getan, dass das Buch sich nicht so schnell
verbreitet wie der Virus, dessen Namen keiner mehr
hören kann.

Ich bete, dass dieses Buch den Großteil der Menschheit erreichen wird und endlich zum Aufwachen aufrüttelt.

Es wird noch so einiges auf uns zukommen. Zum Beispiel wird die künstliche Intelligenz uns in wenigen Jahren überrollen.

Wir werden noch weniger als 8 % unserer Gehirnmasse nutzen, während künstliche Gehirne, die zu 100 % funktionieren, die Menschheit als immer mehr untaugliches Massenprodukt in die Ecke treiben wird. Wir sollten uns schleunigst vorbereiten. Der Plan, weniger als 500 Millionen Menschen auf Planet Erde, läuft weiter. Ist in vollem Gange.

18. Juli 2023:

Ich träume, schon seitdem ich ein Kind bin, von Tsunami-Wellen.

Diese Träume begleiten mich schon viele Jahre. Heute hatte ich, seit längerer Zeit, wieder so einen Tsunami-Traum.

Das Ende ist immer gleich: Häuser, Land und Straßen sind komplett überflutet, ich kann mich gerade noch retten. Habe das starke Gefühl, dass es nicht mehr so lange dauert, bis uns diese „Wellen" erreichen werden.

21. Juli 2023:

Heute erreicht mich eine Nachricht von der Guardia Civil. Ich kann es nicht glauben, was ich da höre.

(Eintrag Ende)

KAPITEL

18

Chakra Stäbchen

**Ellas Tagebucheintrag,
Mallorca, August 2022:**

Wie jedes Jahr im August wütet die Hitze über
Mallorca. Lisa und Arnie hatten mich heute
eingeladen in ihre Halle zu kommen.
Dort verweilten sie oft an den hitzigen Tagen nach
der Arbeit.

Auch Arnies Kollegen hielten sich oft dort auf, da
immer ein Fass Bier vorhanden war.
Zur Zeit der Mikroben-Krise, verbrachten Lisa und
Arnie viel Zeit dort, bauten sich eine Bar hinein
sowie einige Spielstationen.

Dart, Skat, Billard sowie eine Würfelspielecke.
So wurde aus dieser Lagerhalle eher eine Spielhalle,
die durchaus gelungen war.
Arnie ist ein Ass im Dart, gewinnt so gut wie jedes
Spiel.

Nur heute schien Fortuna nicht auf seiner Seite
gewesen zu sein.
Er warf jeden Pfeil daneben und beim Würfeln hatte
er auch kein Glück. „Schatz, mach mal so ein
Chakra Stäbchen an oder wie die Dinger
heißen, hier ist schlechte Energie heute."

Lisa und ich konnten uns vor Lachen nicht mehr
halten.
„Räucherstäbchen meinst du."
Sagte Lisa, nachdem unser Lachkrampf beendet
war.
Wieder einmal wurde ein neuer Begriff geboren,
welcher uns lange in Erinnerung bleiben wird.

Ich dachte an den Tag im August 2014.
Dort saß ich damals mit Lisa und Arnie auf Lisas
Balkon, wo wir zuletzt so einen ähnlichen
Lachanfall bekamen.
„DJ Klapperklaus", so nannten wir die Klimaanlage
der Wurstbude, die unaufhörlich klappernde
Geräusche im Takt, von sich gab.

KAPITEL

19

Lebe jeden Tag, als ob es dein Erster wäre

Ellas Tagebucheintrag, 22.07.2023:

Mein Chakra Stäbchen verbrennt in letzten Zügen nach meinem Gebet. Bin immer noch in Flensburg. Olaf schrieb mir gestern eine Nachricht, er wolle in meiner Lieblingsbucht schwimmen gehen. Ich bin sehr froh, dass wir es endlich geschafft haben, eine Freundschaft auf Augenhöhe zu führen.
Dennoch überkommt mich die Wehmut. Wie gern wäre ich jetzt an meiner stillen, friedlichen Lieblingsbucht.

Ich vermisse nicht die Sonne, das Schwimmen im türkisblauen Meer. Ich vermisse einfach mein inneres Paradies, meinen inneren Frieden. Und muss erkennen, dass Mallorca ihn mir weiterhin nicht bieten wird.

Gestern erreichte mich eine Nachricht von der Guardia Civil. Gegen mich liegt eine Anzeige vor, vom Vater meines Kindes. Er würde angeblich nicht wissen, wo sein Sohn sei, dabei erzählt er seit zwei

Monaten in Paguera doch schon herum, dass wir wohl gar nicht mehr wieder kommen und in Deutschland bleiben. Ich kann nur noch fassungslos mit dem Kopf schütteln, erkläre der netten Sachbearbeiterin die Wahrheit und ließ ihr noch einige Informationen zukommen, was diesen „Mann" betrifft.

Er wird uns einfach nie in Ruhe lassen, deswegen werde ich wohl in den nächsten Wochen einen Flug buchen, das Häuschen in der Sa Madona endgültig räumen und kündigen müssen. Vielleicht hören dann ja endlich meine „Broken Dreams" auf und ich kann mich einer neuen Aufgabe widmen.

Etwas schlummert schon lange in mir. Dreißig Jahre habe ich Tagebücher, Berichte, Sätze und Zeilen geschrieben, die nur mich und mein reales Leben betreffen. Mittlerweile habe ich einiges an Notizen angehäuft. Bestimmt für meine neue Reise in die Fantasy–Autorenwelt. Höchste Zeit, jemanden zum Leben zu erwecken.

Ich werde weiterhin beten für den inneren und äußeren Frieden, werde jeden Tag ein „Chakrastäbchen" mit meinem Lieblingsduft, Ambrosia der Duft der Götter, anzünden.

Ich werde weiterhin jeden Tag dankbar sein, dass ich gesund aufwache. Werde weiterhin kein Fernsehen und Radio hören, wo „nachgerichtete Nachrichten" wie eine Dauerschleife ablaufen und das Kollektiv mit vollster Absicht in Angst und Schrecken hält.

Ich werde mich weiterhin meinem Leben widmen. Heute Morgen las ich einen Spruch: „Lebe jeden Tag so, als wäre es dein Erster."

KAPITEL

20

Das ABC des Lebens

Auch Arschengel gehören zum Leben

Bleibe immer im inneren Frieden

Create yourself

Disziplin

Engel begleiten uns immer

Freiheit und Fülle

Globale Liebe

Habe immer dein Herz im Gepäck

Ich, du und alle Anderen

Ja, ich kann, ich will, ich mache

Konzentration

Lebendig Leben

Männer und Frauen

Nam myogo renge kyo

Opfer nein, Schöpfer sein

Power of love

Quit bad things

Riskiere auch mal was
Stop crying
Tu, was du liebst
Ueberraschungen
Vogelperspektive
Wahrnehmung
X - tra love, love, love
Yes, you can
Zuversicht für die Zukunft

Ellas Tagebucheintrag 25.09.2023:

Ich widme mich meiner Zukunft.

Einen Neuanfang. Ein Sterben und Wiedergeburt
Erlebnis. Ich werde meine jetzige „Welt" verlassen,
in Schrift und Wort.
Noch heute Morgen kramte ich in meinen alten
Kisten im Keller meiner Mutter herum.
Fand altes Gebasteltes von mir.
Ja, und da fand ich sie endlich wieder. Meine 30
cm große Elfe, gemalt in bunten Window-Color-
Farben. Sie schaut mich an mit ihren hübschen,
großen Augen. Ich schaue auf ihren blutroten,
frechen Knutschmund. Sie ist ca. 20 Jahre alt.

„Ich hatte noch viel vor mit dir. Höchste Zeit, dich
zum Leben zu erwecken. Mirelle."

KAPITEL

21

Wiedersehen mit Rob

Natürlich konnte Ella Rob nie wirklich vergessen.
Er hinterließ einen zu starken, emotionalen
Abdruck bei ihr.
Während seiner Deutschland-Pausen schrieben sie
sich selten, jedoch war der Inhalt der Nachrichten
ja das, was zählt.

31.12.2021:

Rob sitzt in einer Bar in Berlin, es ist kurz vor
Neujahr. Plötzlich hörte er eine ihm wohl bekannte
Stimme ertönen. Das Lied „Tanzen" von Thomas,
Ellas Lieblingssänger. Er nimmt eine kurze Passage
per Mikrofon auf und schickt es Ella mit dem
Vermerk: „Sitze gerade hier und musste an dich
denken."

Juli 2021:

„**H**ey Ella, bin gerade auf der Insel Urlaub
machen. Lust auf ein Treffen?"

Ella kribbelte es wie 1000 Schmetterlinge im
Bauch. Seit fast einem Jahr hatten sie sich nicht

mehr gesehen. Ihre Aufregung, Rob wiederzusehen, pochte ihr bis in die Halsschlagader.

Ella kam gerade ganz verschwitzt von der Arbeit, überlegte vorher Duschen zu gehen, bevor Rob kam, entschied sich dann aber dagegen. Sie wolle die nötige Dusche und Rob´s anstehenden Besuch verbinden. Sie wusste genau, wie es ablaufen würde. Er klingelt, sie öffnet die Tür. Es gibt eine verhaltene, herzige Umarmung. Sie würden ein bis zwei Bier trinken, ein paar Heilkräuter-Tüten rauchen, über das vergangene Jahr reden und letztlich in Robs ehemaligem Bett landen, welches Ella übernommen hatte und seit knapp einem Jahr in Ellas Schlafzimmer stand. Seither hatte das Bett nur noch einen Benutzer. Ella.

Nun, der Abend verlief genau so ab. Inklusive äußerst erotischer Duschbenutzung. Und das Bett hatte endlich wieder zwei Benutzer.

März 2022:

„**H**ey, wie geht´s dir? Bin wieder auf der Insel für drei Wochen. Lust auf ein Treffen?"

Diesmal antwortete Ella Rob erst, nachdem die drei Wochen bereits rum waren. Sie wolle nicht länger nur seine „ Billig Nutte" sein. Denn so fühlte es sich beim letzten Mal an.

Ist ja fast wie ein Sextourist, der Rob, nur dass er dafür keinen Fernflug buchen musste, sondern lediglich einen günstigen Flug nach Mallorca. Eine luxuriöse Unterkunft, die ihm nichts kostete, fand er in Palma bei Lola.

Die ihm natürlich die Hölle heiß machte, sobald sie
erfuhr, dass Rob sich mit Ella treffen wollte. Von
der Drohung, ihn sofort rauszuschmeißen, ließ sich
Rob tatsächlich einschüchtern. Wollte sich nur
weiterhin heimlich mit Ella treffen, wenn Lola
nichts mehr mitbekommen würde, sprich einen
ihrer Räusche ausschläft.

Das war Ella natürlich zu blöd. Sie war und ist
doch wahrlich viel mehr wert als eine Heimlichkeit.
Außerdem hatte sie immer noch Olaf im Kopf.

KAPITEL

22

Liebe will, wonach das Herz verlangt

Ellas Tagebucheintrag, 22.06.2024, Mallorca, Andratx:

Seit einigen Monaten bin ich wieder im Paradies, besuchte einige Male meine Lieblingsbucht. Habe sogar ein friedliches Verhältnis mit Tim 2.0 aufbauen können.

Ich bin so dankbar, dass Papa und Sohn sich wieder gut verstehen. Rob wohnt auch wieder auf der Insel, seit gut einem Jahr. Seit drei Wochen sind wir sogar wieder WG-Mitbewohner. Kaum zu glauben. Doch eine neue Mitbewohnerin wird wohl noch ordentlich für Trouble sorgen. Umso besser, dass ich Olaf in zwei Wochen wiedersehen werde.

Besonders happy macht mich, dass ich nach vier Jahren endlich mein zweites Buch vollenden darf. Hier in Andratx.

Ich beende es mit einem Bonuskapitel. Darin liegt wirklich mein ganzes Herzblut, denn ich muss ehrlich gestehen, dass ich seit über 30 Jahren darüber nachdenke, 20 Jahre Notizen gesammelt habe, mich bestimmt 100 Male in diese Welt von Mirelle hinein geträumt habe.

Es ist wohl mein größtes Coming-out. Von Kindheit an träume ich davon, einen Fantasy-Epos zu schreiben.

Let my Dream come true!

BONUSKAPITEL

Die Welt der Elfen
-Eine Erden Saga
-Teil 1: Die Befreiten

Beschreibung: Diese wundervolle Erdensaga erzählt von der Welt der Elfen. Elfen, die einst vom Universum geschaffen wurden, um die Erde im friedlichen Gleichgewicht zu halten. Hauptcharakter dieses spannenden und herzhaften Fantasy – Epos ist Mirelle, die Elfe. Zusammen mit ihren Freunden beginnt sie das größte Abenteuer ihres Lebens. Mission: Erde retten und endlich die Wahrheit ans Licht bringen, bevor es zu spät ist. Und so machen sie sich eines Tages mutig auf den Weg zum Planeten Erde, wo so einiges schieflief. Jahrhundertelang von düsteren Schatten geplagt. Auf der Erde regiert der Fürst der Finsternis. Die Welt ist im Krieg, im Hass, im Egoismus, in der Angst. Ein Höllensystem, welches die Menschheit seit 6000 Jahren in Knechtschaft hält. Höchste Zeit, diese Knechtschaft zu beenden.

Vorwort: Das Einzige, was wir wirklich wissen ist, dass wir nichts alles wissen.

Kapitel 1

Angst ist nur ein Zustand, in dem du dich befindest.

Die Urangst des Menschen; Angst zu sterben. Trigger diesen Zustand immer wieder an. Immer wieder, noch und nöcher....

So wächst seine Seele nicht, die Spiritualitätsspirale (Kontakt zur Urquelle) wird ausgelöscht.
Behalte ihn, sein Leben lang in diesem Zustand. So gehorcht er, konsumiert, schuftet und stirbt. Damit kannst du seinen Geldfluss melken, ihn steuern, ihn lenken, ihn verbieten, ihn an seiner Freiheit hindern, ihn bedingungslos ausbeuten, verwerten und recyceln.

Nimmt man ihm seine Liebe, sein Licht und seine Wahrheit, so bekommt man sein Leben in die Hände und erhält komplette Kontrolle.

Bewahre ihn gut auf in dem Zustand.

Füttere ihn nur mit dem Nötigsten, nährstoffarm, schwäche ihn mit Impfstoffen und Pharmazeutika.

Mache ihn abhängig von Konsumgütern, von Materiellen.

So wird er wie ein Hamster auf sein Rad steigen: Und schuften für das dunkle System.

500.000, diese Anzahl behalte stetig auf der Erde. Der Rest ist Kanonenfutter.

So besiegelte das Universum vor 700 Jahren diesen Vertrag zwischen Erde und dem Fürsten der Finsternis.

Im Jahr 2020:

Dragon hatte nicht viel Lust auf das wöchentliche AdHS-Treffen bei den Anonymen depressiven Hilfs – Servicekräften der Hölle.

Wortwörtlich war immer die Hölle los, in der Hölle. 1000 Kilometer tief vergraben unter der Erde, die unterste Schicht quasi. Es herrschten schweißtreibende 88 Grad, wenn die Klimaanlagen gut liefen.

Sie waren in 4 Gruppen eingeteilt:

Die Rebellen

Die Soldaten

Die Re-GIER-ung

Der Rat

Der Rat war die höchste Position.
Der Ältestenrat, mit direktem Sitz am Steuerrad des
Teufels, dem Fürst der Finsternis.

Eine Position, die Dragon niemals anstreben würde, er
war anders. Offiziell gehörte er zu den Soldaten,
jedoch wurde er (selbstverursacht) bereits vor dem
Eintritt in die Armee, für untauglich erklärt und
ausgemustert. Diagnose – Bi polares AdHS – Syndrom.

Seither „musste" Dragon die Selbsthilfegruppe
besuchen, und einen wöchentlichen – mehrseitigen
Bericht abgeben, warum er nicht in der Lage war,
Menschen zu quälen, ansonsten erwarteten ihn
Höllenqualen und die wollte sich sogar jeder
Höllenbewohner ersparen.

Er machte sich, wie jeden Dienstag um 15.30 Uhr auf
den Weg. Er verließ sein Versteck, indem er
überwiegend sein Leben verbrachte. Dort heckte er
bereits seinen höllisch guten Plan seit Jahren aus. Das
System zu kippen.

Dragon krabbelte aus seiner abgelegenen Erdhöhle,
die sich in dem Feuerwald befand. Abgefackelte

Bäume, dicht an dicht und Vulkanlandschaften zierten das öde Landschaftsbild. Die Erde schien Tod: schwarz, staubig, steinhart, unfruchtbar, leblos und es roch den ganzen Tag nach verbrannter Asche.

Dennoch schaffte Dragon es im Laufe der Jahre, sich einen sicheren und geheimen Ort zu schaffen.

Jahrelang grub er sich Stück für Stück ein Erdhöhlenversteck in die verbrannte, höllische Erde. Immer das Ziel vor Augen. Das System zu kippen. Und der Menschheit die Wahrheit zu verkünden.

Wie sehr sie getäuscht werden, belogen. Dragon wollte es mit bedacht angehen, den Teufel zu überlisten. Bereits seit 2 Jahren schrieb Dragon an seinem Masterplan. Er würde die Menschenwelt damit „infizieren", so wie einen ansteckenden Virus. Nur das dieser Virus ausnahmsweise mal nicht für die Zerstörung des Menschen gedacht war.

Er würde die Wahrheit ans Licht bringen.

Licht hatte Dragon wenig in seinem Erdhöhlen Versteck. Er wollte keinesfalls auffallen und ließ immer nur zaghaftes Kerzenlicht flackern. Wenn er schrieb oder las, versteckte er sich unter seiner Decke mit einer Taschenlampe.

Offiziell gemeldet war Dragon auf dem Familienwohnsitz seines Vaters, Omen. Omen war ein einflussreicher und viel beschäftigter Mann, quasi die rechte Hand des Teufels. Und da ja immer die Hölle los war in der Hölle, war Omen auch höllisch viel unterwegs und kaum anwesend zu Hause. So hatte Dragon das Glück, dass es so gut wie nie auffiel, dass er nie zu Hause war. Omen hatte eh nie viel Lust, Zeit mit seinem Sohn zu verbringen. Er war seines Erachtens, ein Schwächling, ein Taugenichts und es kümmerte ihn nie, ob Dragon zu Hause war oder nicht.

Nur eines befahl Omen als Pflichtprogramm. Die Feiertage. Die waren wichtig. Um bei der Familie den höllischen Schein zu wahren, alles liefe perfekt im Hause Omen. Bis heute glauben sogar noch alle Familienmitglieder, Dragon sei in der Armee. Diese Peinlichkeit, die Ausmusterung seines Sohnes preiszugeben, wollte Omen unter allen Umständen, solange er lebe, verhindern.

Dragon kümmerte es nicht, ob jemand aus seiner Familie, die Wahrheit über ihn kannte oder nicht. Er hatte keinen, der ihm nah stand. Seine Mutter war gestorben bei der Geburt. Er hatte nur seinen Vater und dessen stumme Haushälterin. Einige entfernte, höllische Nachbarn und

Verwandte sah er lediglich 3 - 4 mal im Jahr zu Omens angeordneten Zwangsfeiern. Niemand war dabei, den er mochte, der ein bisschen tickte wie er. Anders halt.

Alle waren so gleich. So oberflächlich. So gekünstelt. Und keiner redet mit einem. Jeder glotzt nur in sein Handy, verschickt höllisch unwitzige Fotos und Videos. Danach essen sich alle satt, trinken Schnaps, vom Teufel natürlich selbst gebraut und schon ist die Party vorbei.

Dragon stand vor dem Eingang seiner Selbsthilfegruppe, als Elias, sein bester Kumpel, ganz aufgeregt angerannt kam.

Elias hielt Dragon sein Handy vor die Nase und sagte: „Die Gerüchte stimmen. Die Elfen kommen. Von wegen Verschwörungstheorie. Hab gerade das Video gefunden auf Hell – Tube. Sieht wohl nicht aus wie ein UFO, oder? Da lob ich mir ausnahmsweise mal den technischen Fortschritt der Nano- Kameras."

Dragon schaute sich das Video an. Eine strahlend weiße Lichtkugel trat gerade in die Erdatmosphäre ein und begann ihren Sinkflug. Dann wurde die Lichtkugel näher herangezoomt und man erkannte fünf kleine, geflügelte Gestalten.

Dragon kommentierte begeistert: „Wow, die Rothaarige ist ja heiß."

Elias nahm das Handy wieder an sich: „Vorsicht, Junge. „Wenn die Gerüchte stimmen über die Elfen. 1. Lektion: nicht zu lange hinsehen, sonst wirst du von ihrer Liebe verblendet ohne richtiges mentales Training. Ist ja leider nicht gerade deine Stärke."

Dragon antwortete leicht beschämt: „Na ja, ich bin halt gerne verliebt."
Elias : „Ja, untenrum." Dragon wurde leicht ärgerlich und sein Kopf färbte sich leicht rot: „Du weißt genau, ich hab ´nen Geburtsfehler, mir fehlt dieses Emotions – Gen."

Elias beruhigte seinen besten Kumpel wieder: „Ja, Kumpel, alles gut. Wir sind ja auf dem Weg. Nun lass uns erst mal diese Zwangsversammlung hinter uns bringen. Hast du deinen Bericht?"
„Jip", antwortete Dragon leicht schelmenhaft, „meine Schwester schreibt echt super, und viel brauch ich ihr nicht zahlen, du weißt ja, sie schreibt so gerne."

Als ihre AdHS Sitzung beendet war, schlichen sie sich in Dragons Erdhöhle. „Das ist das Wichtigste", sagte Dragon sichtlich aufgeregt, während er sein Buch, wie einen Schatz mit den Händen umklammerte. Elias wirkte etwas blass: „Ich habe ein bisschen Angst, wenn die uns erwischen, erwartet uns wortwörtlich die Hölle. Dragon beruhigte ihn: „Mach dir keine Sorgen. Ich bin bei dir und Angst ist doch nur ein Zustand in dem du dich jetzt gerade befindest, verlasse diesen Zustand. Denk an unser Ziel. Das ist doch viel besser. Freu, Freu, Vorfreude.

„Du hast recht. Immer positive Gedanken haben und visualisieren. Legen wir los?" fragte Elias ermutigt von Dragon. „Jawohl", sagte Dragon vollster Überzeugung, „lass uns die Erde retten, Kumpel. In drei Tagen ist Portaltag."

Kapitel 2

Die erste Mission

Mirelle stand vor der großen, hölzernen Tür und las auf dem Klingelschild: Ella. Sie verschnaufte vor Erleichterung, dass die Landung geglückt war. Und alle Anspannungen konnte sie nun fallen lassen nach der 3-tägigen Reise zur Erde.

Sie schaute in den wolkenlosen Nachthimmel und betrachtete den Mond, der eine Sichel verkörperte und in weiter Entfernung über ihren Kopf den Himmel sanft erhellte. In einigen Tagen würde Neumond sein, sie hatten es also schon mal rechtzeitig geschafft, ihre erste Erdenlandung.

Mirelle konnte kaum etwas sehen, trotz ihrer verschärften und überirdisch, ausgeprägten Sehkraft, die selbst in der Dunkelheit immer prächtig funktionierte.

„Man merkt, wir sind auf der Erde", sagte Mirelle in einem leicht arroganten und spöttischen Ton, während sie sich umdrehte und vier Augenpaare in ihre Richtung starrten. Ein Augenpaar, welches mit einer runden Brille umrandet war, flog ruhig und geradlinig auf sie zu, hielt etwa einen halben Meter vor ihr an und sah sie mit erwartungsvollem Blick an, ohne auch nur einmal zu blinzeln. Mirelle wirkte leicht genervt, setzte aber dennoch ein leichtes Lächeln auf und grinsenden Augen ihres kleinen Bruder Marley entgegen.

„Marley, du kannst dich jetzt enttarnen."

Sofort nahm Marley seine kleine, leicht pummelige Elfengestalt an. Er war der jüngste der Truppe, in Erdenjahren glich seinem Wissensstand dem, eines hochbegabten Einstein Junior, jedoch glich sein Aussehen dem, eines Fünfjährigen.
Seine Begabung lag darin, sich stetig weiterzuentwickeln und seinen Wissensstand auf dem täglichen, neuesten Stand zu halten, er war spezialisiert auf das Thema „Erdenmenschen" und konnte es kaum erwarten, sein Wissen bei jeder Gelegenheit auszuplaudern.

„Ja, du darfst gleich loslegen", sagte Mirelle in einem ruhigen, bestimmenden Ton."

„Aaaaber!!! Kurze präzise Infos, für uns alle bitte verständlich", sprach Mirelle weiter, während sie eine leicht verächtlicher Grimasse, ihrem großen Bruder Egoh zuwarf. „Das auch J-e-d-e-r leicht versteht!"

„Und Marley, Wenn wir drinnen sind, kein Gequatsche, nada, niente, Kapische ??"

„Kein lautes Analysieren, nichts wird angefasst, eingesteckt, kaputt gemacht, oder sonstiges.

„Alle kapiert?"

Mirelle wartete, bis ihr alle tatendringlich und bejahend zunickten.

„Und Egoh! Es wird sich in nichts verliebt!", sprach sie ermahnend zu ihrem großen Bruder. „Kein Liebeschaos auf Erden! Ich hab keinen Bock auf liebestolle Barbies, unglücklich verliebten Haushaltsgeräten, sabbernden Teddybären-Banden, die uns vor Liebeshunger verfolgen. Du fasst und starrst nichts an!"

Egoh nickte stumm, mit seinem Hollywood-Lächeln.

„Das kann er auch gar nicht", plapperte Marley nun drauflos und übernahm das analytische Kommando. „Unsere überirdischen Fähigkeiten funktionieren hier sehr schwach, es gibt Ausnahmen, sie erfordern jedoch einen zusätzlichen Aufwand von mentaler Kraft und Erdenzeit und davon haben wir leider wenig. Unsere Intuition funktioniert dennoch recht passabel, also schön nach dem eigenen Bauchgefühl handeln, falls Notfälle oder Gefahren auf uns zukommen sollten. Nach Hause kommt jeder von uns, sei es auch allein, getrennt von der Gruppe.

„Ok, also hergehört." Sagte Mirelle bestimmend. „Jeder kennt seine Aufgabe, wir sind es oft genug durchgegangen. Jeder weiß, was er zu tun hat. Und ich warne nochmal eindringlich davor: Der Plan wird strikt eingehalten. Sonst sind wir am Arsch. Auf mein Kommando gehen wir rein!"

Sie schlichen sich leise durch das Haus, bis sie im Schlafzimmer angekommen waren. Es war nachts um 3 Uhr. Ella schlief in ihrem Bett. Mirelle huschte leichtfüßig auf die obere Bettkante und ließ den lila Elfenglitzerstaub – Träum schön auf Ellas Kopf herabrieseln.

Egoh und Marley kamen dazu und verbanden Ellas Hand- und Fußgelenke fest an den Bettpfosten.

Luna und Nova übernahmen die Arbeiten im Haus.

Sie räucherten das Haus mit Weihrauch aus, entfernten sämtliche Gegenstände mit negativer Strahlung und Energie, füllten das Haus mit Licht und Herzensliebe. Überall hingen nun strahlende Herzen und Engelsbilder.
Es leuchteten 4-D-Bilder an der Decke vom Kosmos

und den Sternen. Die Sternzeichen waren rosa hervorgehoben und mit zart funkelnden Linien verbunden. Die Planeten waren zu erkennen, jeder in seiner wunderschönen Leuchtfarbe.

Nach zwei Stunden glitzerte und funkelte das gesamte Haus in allen Farben.

Luna sagte schließlich: „Das Haus ist gereinigt und aktiviert."

Mirelle nahm einen tiefen Atemzug und sagte fest entschlossen: „Ok, Zeit für die Wahrheit. Zeit, sie zu wecken."

„Und ihr versteckt euch erst mal, bis ich es ihr schonend beigebracht habe. Hier das beste Mittel gegen schocküberreagiernde, negative Ausraster, drückt die Daumen, Leute."

Wieder schüttete Mirelle ein Pulver auf Ellas Gesicht. Diesmal ein grünes, es sah aus wie mini Hanfblätter Konfetti, beruhigend und leicht erheiternd.

Ella öffnete verschlafen ihre Augen. Sie fühlte sich angenehm benebelt und federleicht. Sie hatte das Gefühl, kichern zu wollen, bis sie bemerkte, dass ihre Füße und Hände gefesselt waren.

„Hey, was ist hier los?" überkam Ella es panisch.

Sie hörte eine ruhige, liebliche Frauenstimme:
„Zuallererst, keine Panik."

Ella sah niemanden und wurde hektisch: „Ich hab aber
scheiße viel Panik gerade. Wer bist du? Wo bist du?"

„Hier bin ich", sagte Mirelle und kam mit einem
leichten Grinsen unter Ellas Bettdecke hervor.

Ella wurde laut und war immer noch panisch:
„Ihh, was ist das? Was bist du? Was soll das?"

Mirelle schaute auf ihren Sekundenzeiger.

„Drei, zwei, eins, meins. Nee, quatsch, kleiner Scherz
meinerseits. Jetzt sollte es wirken."

Was wirk-eee- hehe-een - hehe?" Noch während Ella
sprach, bemerkte sie selbst, wie sie urplötzlich
unendlich viel Liebe und Leichtigkeit überkam und sie
konnte nicht mehr aufhören zu kichern.

„Ella, es ist mir eine große Ehre dich kennenzulernen,
ich bin Mirelle, vom Urstamm der Venuselfen."

Ella schaute sich dieses 30 cm kleine, bezaubernde
Wesen an, welches sich gerade auf

ihren Bauch setzte.

Die Elfe war so federleicht, dass Ella sie gar nicht spürte.

„Keine Sorge, ist ´ne Ladung grüner Elfenstaub. Hierbas Spezial, verstehst du?" und Mirelle grinste leicht.

Ella nickte bejahend, und kicherte unaufhörlich in ihrem glücklichen Zustand weiter.

„So, genieß deinen Zustand, während ich dir jetzt die Wahrheit über uns Elfen, dem Universum und der Erde erzähle."

„Als Erstes: Elfen gibt es wirklich. Sieht man ja. Zweitens: Das Universum hat einst einen Fehler gemacht und seither wird die Erde von dem Fürsten der Dunkelheit, also dem Teufel persönlich regiert. Aber das weißt du ja teilweise schon. Drittens: Du wirst die Erde retten, natürlich nicht allein, sondern mit überirdisch, großer Hilfe. Uns, tadaaa, da sind wir."

„Marley, du kannst jetzt rauskommen."

Während Marley aus seinem Versteck langsam hervorkam, sagte Mirelle: „Er wird dir alles genau erklären. Mein kleiner Bruder Marley. Ein Ass in Erklären und Analysieren."

Etwas schüchtern flog Marley Richtung Bett und landete neben Mirelle, auf Ella´s Bauch.

„Guten Tag, Mi Lady Ella. Es ist mir eine Ehre, äh, dich kennenzulernen." Ella war zu friedlich benebelt, um zu antworten.

„Nun, werte Ella", fuhr Marley fort, „Schaue bitte an die Decke, dort siehst du die Entstehung des Universums. Die Planeten und die Sternenbilder." Ella war wie gelähmt und schaute sich dennoch gespannt diesen wunderschönen kosmischen Film über sich ablaufen, während Marley ihn kommentierte. Eine halbe Stunde später lag sie weinend in ihrem Bett. Der grüne Elfenstaub ließ nach.„Könntet ihr mich losbinden?" fragte Ella sehr gefasst.

Mirelle antwortete: „Oh, sorry, das wollte ich eigentlich schon vor dem Film machen." Und grinste leicht verlegen.

Nachdem Ella befreit war, setzte sie sich auf. Einige Minuten sagte keiner etwas.
Ella schien äußerst verwirrt, aber einiges machte auch Sinn.

Es waren urplötzlich so viele Antworten in dem Film
gewesen, auf ihre vielen Fragen, warum es auf der
Erde so schieflief.

Warum die Mehrheit der Menschen so emotionsfrei
und die Erde ohne Liebe war.

Ella äußerte sich: „Also, nochmal zusammengefasst.
Die Erde lebt seit 700 Jahren in Herrschaft der
Hölle, weil sich Pluto in Venus verliebte. Venus hielt
ihren Vertrag mit Pluto „Beziehungen und
Partnerschaften" nicht ein und so wuchs Eifersucht
und Boshaftigkeit in Pluto auf. Pluto hielt sich nicht
mehr an den Friedensvertrag mit der Erde, als das
Herrschafts-Zeitalter von Pluto auf der Erde im Jahr
1320 begann. Und das Universum war einfach so damit
einverstanden?"

„Geht´s noch? Was können Leute von einem ganz
anderen Planeten dafür, dass andere Planeten ihr
Leben nicht auf die Reihe kriegen. Sollen sie es doch
unter sich ausmachen."

Ella beendete erbost ihre Äußerung.

Mirelle schwieg einen Augenblick, bevor sie sich sanft
äußerte: „Nun ja, das machen sie ja quasi, es unter
sich aus. Verstehst du, Ella? Das Leben auf der Erde

spiegelt quasi das Leben des Universums, der Planeten wider. Es ist nichts anderes, wie das System auf der Erde. Bei euch regierten einst Könige, Kanzler, Päpste und alles hatte seine Herrschaftszeiten. Menschen regierten andere Menschen. Bis der Fürst der Finsternis die Überhand der Erde übernahm. Bei uns regieren die Planeten andere Planeten."

„Marley, bitte erkläre das Problem der Erde und der Venus, mithilfe deines Modells des Universums. Und gaaaanz leicht verständlich. Kindergartenmodus, bitte."

Wieder schaute sich Ella höchst gespannt einen kosmischen Film an ihrer Zimmerdecke an, während Marley kommentierte: „Ella, du siehst hier die derzeitige Karte des Universums. Wir befinden uns genau dort, auf dem blauen Planeten Erde, du siehst, wie schwach er beleuchtet ist, bedenklich (er schwieg einen Augenblick). Die Einhörner haben uns darauf aufmerksam gemacht."

Ella wendete kurz ein: „Nicht euer Ernst, Einhörner?"

Marley plapperte unbeirrt weiter: „Du wirst noch viel Unwissen erfahren."

Hier siehst du unseren Heimatplaneten, die Venus.

Ella erstarrte vor Entzückung und gleichzeitiger Ehrfurcht bei diesem funkelnden Anblick. Es schien, als loderte Venus wie eine zart lila farbene Flamme. Eingehüllt aus einem flammenden, rubinfarbenen, fünfzackigen Stern.

Marley fuhr fort: „Normalerweise funkelt der Stern im zarten Plüschrosa." Noch während er die Worte „Plüschrosa" aussprach, verwandelten sich Marleys Pupillen in funkelnde rosa Herzen und er wirkte sofort wie schock verliebt mit seiner Umgebung.

Mirelle brachte ihn mit einem klaren Kommando wieder zur Vernunft. Er sprach weiter: „Entschuldigung, hihi, wir sind halt voller Liebe, wir Venusianer. Na ja, fast alle. Nun ja. Es ist Fakt. Venus und Erde fehlt der rosa Energiestrahl. Der Lichtstrahl reiner Herzensliebe. Warum? Weil die Emotionen fehlen und die Gedanken an Liebe."

„Du weißt doch, Ella. Du hast es in dein Buch geschrieben, ich zitiere dich selbst aus Kapitel 8: Das Universum nährt sich und automatisch uns, mit allem, was wir ihm geben. Geben wir uns selbst und allen anderen Liebe, bedingungslos und ohne jegliche Absicht jemanden zu schaden, so bekommen wir es vom Universum zurück. Nähren wir das Universum mit schlechten und negativen Emotionen und Gefühlen, wie Hass, Wut, Eifersucht, Angst und Neid, so bekommen wir genauso das vom Universum zurück. Es packt es ein, präsentiert es uns auf einem Teller und nennt es „Leben auf der Erde". Lebt damit, so wie ihr fühlt und denkt. Lebt mit eurem Spiegel."

Marley klappte die Miniausgabe von Ellas Buch zusammen und verstaute es in seiner Umhängetasche.

Ella war sichtlich erstaunt über die Miniausgabe ihres Buches, gewöhnte sich aber langsam an den Gedanken, dass wohl nichts mehr unmöglich sein konnte.

Marley redete weiter.

„Im Prinzip hast du es schon erklärt. Das Universum, das Leben, beruht auf dem Ur-Prinzip. Geben und Nehmen. Und du weißt, das Universum speichert jeden Gedanken, jede Emotion, wie eine Datenbank eines jeden Lebewesens, genannt Akasha Chronik. Deswegen ist das Universum ja auch unendlich groß, da es stetig weiterwächst. Denn keiner und niemand hört auf zu denken, es sei denn, alle und alles ist tot, aber das ist ziemlich unwahrscheinlich. Bis jetzt jedenfalls! Auf der Erde ist der Wahrscheinlichkeits-Quotient der Selbstzerstörung mittlerweile ziemlich hoch und bei uns auf der Venus genauso, deswegen (er holte zwischendurch tief Luft) kommen wir wieder zu unserem eigentlichen Problem. Den rosa Strahl (der Strahl der reinen Herzensliebe), der ist quasi verstopft, zugemüllt von dem ganzen Seelenmüll und er hat einige Lecks, wir vermuten eher, dass da einige illegale Abzapf-Anlage hinter steckt. Unsere erste Mission war es, rechtzeitig bei dir einzutreffen. Unsere zweite Mission ist es, die Verstopfung zu entfernen und dafür brauchen wir dich. Du weißt ja, es gibt alles im Überfluss und natürlich auch die Liebe. Wenn die erst mal wieder fließt, können wir uns später an die „Lecks" machen."

Ella fragte ganz aufgeregt: „Was kann ich tun?"

Mirelle antwortete: „Uns einfach nur begleiten, in die Hölle, um dort die Verstopfung zu beseitigen. In zwei Tagen, dann ist Portaltag."

Kapitel 3

Ein höllisch guter Plan

Dragon schaute auf den Zeitplan.

Sie hatten noch gute 18 Stunden, um alles vorzubereiten, dann würde sich das Portal öffnen.

Er sah sich in seiner Erdhöhle um.
Elias und er hatten bisher ganze Arbeit geleistet.

Die Wände waren mit filigranen Runen, Tieren und Zeichen bemalt. Am meisten Mühe hatte er sich bei der Blume des Lebens gegeben.

An der Decke war Elias noch in Gange, die Dragon derweil bestaunte: „Elias, das, das sieht einfach überwältigend bezaubernd aus. Und diese Farben, so glitzern. Abgefahren, wie du den Himmel malst."

Danach checkte Dragon weiterhin die Liste ab:
- Mit Weihrauch reinigen. Erledigt.
- Mit Essig negative Uralt-Emotionen entfernen und von verstorbenen Seelen vererbte Möbel entfernen. Erledigt.

- 4-D-Modell vom Universum, inkl. Planeten, Sterne, Sternzeichen und deren exakte Konstellation. Noch in Arbeit.

- 4-D-Wandmodell des Ursprungs allen Lebens. Erledigt.

- Alle Vorbereitungen für die Ritual-Zeremonie Punkt 8.08 Uhr. Erledigt.

- Schutzamulette anlegen.

- Portalstein platzieren.

- 8 Kerzen anzünden.

- 8 Räucherstäbchen anzünden.

- 8 x Portalgebet sprechen.

- Herzchakra und Kronenchakra öffnen.

- Für evtl. Brandfälle und Verblendungen, Feuerlöscher und Schutzbrille bereithalten.

Dragon legte seine Liste beiseite und stopfte sie in sein Buch.
Er war sich ziemlich sicher, alles würde morgen klappen.

Mirelle weckte Ella mit einem erfrischenden „Guten Morgen, Schlafmütz" aus dem Schlaf.

Ella musste sich erstmal einige Augenblicke sammeln.

Als sie die kleine, hübsche, rothaarige Elfe mit ihren lächelnden, rot angemalten Lippen sah, wusste Ella, sie hatte das alles nicht geträumt letzte Nacht und sie war froh darüber.

„Wir haben Frühstück gemacht, magst du herunterkommen?", fragte Mirelle.

Der leckere Duft nach frisch gebrühtem Kaffee lockte Ella schnell aus dem Bett und sie war sichtlich überrascht, was sie in der Küche vorfand.

„Was habt ihr mit meiner Küche gemacht?", fragte Ella voller Entsetzen.
Alle Küchengeräte waren weg, nur der Herd war noch da, wo der köstliche Kaffeegeruch herkam.

Sämtliche Wände und Küchenmöbel waren bemalt mit Einhörnern, Regenbogen sowie einigen Symbolen und Zeichen, die Ella fremd waren.

„Seid ihr bekloppt?", fragte Ella die Elfenbande.

Mirelle versuchte sie zu beruhigen: „Entspann dich, Ella. Trink erst mal nen schönen Cafe con leche und rauch eine. Wir bringen alles wieder in den Urzustand, wir müssen dein Haus gerade als Portaltor energetisieren, damit unser Sprung in die Hölle morgen früh klappt."

„Gibt es keinen etwas weniger „umständlichen" Weg?", entgegnete Ella.
Mirelle antwortete: „Nun ja, wir könnten schneller in die Hölle gelangen. Wenn wir uns gegenseitig bösartig abschlachten, landen wir direkt dort. Allerdings wäre dann einer übrig, das ist doof. Wir haben zuvor abgestimmt und nur einer war für die direkte Höllenfahrt. Mein Bruder Egoh, wo ist er überhaupt?"
Luna antwortete: „Hab ihn in ´nen Schlafsack gestopft, inklusive Sandmännchen Staub. So macht er keinen Unfug bis morgen früh."

„Sehr gut. Luna", antwortete Mirelle, „was sagst du, Rute? Welcher Raum ist am geeignetsten?"

Die Ritualrute, die einer Wünschelrute ähnelte, sprach während Luna sie in der Hand hielt:
„remmizagoY."
„Was bitte?", fragte Ella.
Luna sagte leicht genervt: „Typisch Erde, hier läuft alles verkehrt."

Sie meint Yogazimmer, rückwärts ausgesprochen: remmizagoY. Ist wohl noch etwas angeschlagen von der Reise, die gute Rute."

Ella vertröstete sich damit, was Mirelle sagte, dass alles wieder in den Urzustand kommen würde und überließ den Elfen ihr Yogazimmer. Schließlich ging es um eine große Sache.

Viel sorgfältiger als alle anderen Räume gestalteten sie Ella´s Yogaraum und bereiteten alles vor für das Ritual.
Ella schickten sie derweil in den Spa-Bereich eines nahegelegenen Hotels.

„Erhol dich nochmal so richtig, genieß die Massagen und Anwendungen, die ich für dich gebucht habe . Ist auch schon bezahlt", sagte Mirelle.

„Ja, geht das denn? Wir haben doch die Ausgangssperre."
„Keine Sorge, Ella. Wir haben da unsere Beziehungen. Gibt natürlich immer Ausnahmen und Sonderregelungen. (Währenddessen zauberte Marley eine, für ihn riesige Schriftrolle herbei und übergab sie Ella)
„Du glaubst nicht, wer alles zur Elfengarde hier auf Erden gehört."

Und Mirelle verabschiedete Ella mit einem vergnügten:
„Viel Spaß."

Während die Elfen weiterhin eifrig an dem
Ritualzimmer arbeiteten, genoss Ella zuerst eine halbe
Stunde im Cleopatra-Kokosmilch-Bad. Die nächste
Anwendung war erst in einer Stunde und so entschied
sie sich, in die Sauna zu gehen.

Überall roch es so gut, im gesamten Spa- Bereich.
Jede Ecke, jeder Winkel, jeder Raum, hatte seine
ganz eigene Duftnuance. So intensiv nahm Ella es
wahr, und sie überlegte, ob sie überhaupt schon mal so
intensiv gerochen hat. Kokos, Patchouli, so roch es im
Cleopatra-Bad. In den sieben verschiedenen Saunen
lockte sie ein ganz besonderer Duft: Zirbenholz mit
einem Schuss Rose. Sie nahm ihr Handtuch vom Körper
ab, während sie die angenehme 77 Grad Sauna betrat,
legte ihr Handtuch ab und saß, wie gewohnt erst fünf
Minuten, bevor sie sich hin lag. Nur eine weitere
Person befand sich mit ihr in der Sauna. Ein Mann, um
die Mitte dreißig, begrüßte sie freundlich, als er sie
erblickte.

Ella grüßte ihn freundlich zurück und erschrak im
zweiten Moment. Sie starrte ihn an, wie versteinert
war Ella. Sie konnte gar nicht aufhören, wegzusehen.

Das konnte doch nicht sein, er hier. Er grinste Ella an und starrte zurück.

Ella wollte was sagen, konnte aber nicht. Er fragte schließlich mit einem charmanten Lächeln:
„Hab´ ich Toast im Haar? Oder warum starrst du mich so an?"

Ella war eh schon rot vom Schwitzen, doch ihr Gesicht fühlte sich wie Feuermelder an und sie antwortete:
„Hey, sorry. Tut mir echt leid. Aber du siehst jemanden so was von ähnlich."

Er fragte: „Ach, ja, wem denn?"

Ella antwortete: „Na ja, Thomas, dem tollsten Sänger der Welt, ähh, für mich jedenfalls."

Er grinste leicht verlegen und sagte: „Ja, das hör ich oft. Darf ich mich dir vorstellen, Edward."

„Ich bin Ella, und gerade leicht verwirrt, sorry. Aber sehr erfreut, dich kennenzulernen."

Sie schaute in seine wunderschön, funkelnden Augen. Er sah, trotz gedämmtem Saunalicht, haargenau so aus, wie Thomas, der Mann ihrer schlaflosen Nächte. Sie schwitzten noch eine weitere Saunarunde miteinander, bis Ella sich zur Massage begab.

Edward schwamm noch einige Runden und zum Schluss trafen sie sich an dem Restaurant im Spa-Bereich.

Sie unterhielten sich prächtig, alles schien so vertraut. Nach ihrem gemeinsamen Abendessen gingen sie noch spazieren, als Ella die Elfenbande einfiel und die bevorstehende, wichtige Mission. Sie gab ihm noch ihre Telefonnummer, bevor sie dann eilig ab stampfte, es war schließlich schon fast Mitternacht.

Die Elfenbande saß gemütlich auf dem Sofa, während Ella eintrat.
Umringt waren die Elfen mit leeren Knabber- und Weingummi Tüten. Marley war ganz grün im Gesicht.

„Hat ´nen Gummibärchenfluch abgekriegt. Selber schuld. Ich hab dich gewarnt, Marley, nicht die grünen Essen", ermahnte seine Schwester ihn.
„Was ist der Gummibärchenfluch?", wollte Ella wissen.
„Das erzähle ich dir ein anderes Mal", antwortete Mirelle.

„Wir müssen uns jetzt vorbereiten auf die morgige Mission."

Mirelle zeigte Ella den gestalteten Ritualraum und gab ihr die bevorstehenden Anweisungen.

„Dann wissen alle Bescheid, geht jetzt schlafen. Um Punkt 6 Uhr wecke ich euch, dann geht´s los", sagte Mirelle und legte sich, wie die anderen schlafen.

Ella dachte nach, über ihre verrückten Stunden. Erst die Elfen, die Mission, dann noch die Begegnung mit Edward. Die Erde schien im Wandel, Ella war mittendrin und es gefiel ihr sehr.

Während Ella in ihren Schlaf fiel, saß Dragon in der Hölle vor Aufregung auf seiner Bettkante und ließ seine Gedanken schweifen: „Es ist doch ein höllisch guter Plan." Und er freute sich auf morgen.

Punkt 6 Uhr weckte Mirelle ihre gesamte Truppe, sie machten ein kurzes Frühstück und begaben sich eine halbe Stunde vor Portalsöffnung in die Meditation.

„Bei dir ist alles klar, Ella?", fragte Mirelle. „Du machst einfach mit, so wie ich es dir gezeigt hab, und keine Angst. Einfach an den Händen festhalten, Augen geschlossen lassen, bis du mein Kommando hörst. Kann sein, dass dir ein bisschen schwindelig wird, ist normal, gerade beim ersten Portalsprung."

„Und Egoh. Wieso hast du keine Badeklamotten an? Du weißt, es ist höllisch heiß da unten."

Egoh antwortete leicht frustriert: „Ich habe irgendwie nichts Passendes für die Hölle."

Mirelle wurde leicht wütend: „Ist nicht dein Ernst, Egoh."

„Na ja, ich habe gedacht, ich kann mir da was kaufen", antwortete er.

Bevor Mirelle ganz ausrastete, fiel Ella etwas ein. Sie kramte unter ihrem Bett eine alte Kiste hervor, holte ihren Rockstar Ken heraus, zog ihm seine Hose mit Flammenmuster aus, schnitt die kleinen Hosenbeine ab und kam mit ihrem Fundstück zurück.

„So, die dürfte passen", grinste sie.

Die Elfen (außer Egoh) lachten sich sofort kaputt, als sie die kleine Hose sahen.

„Na toll", sagte Egoh eingeschnappt und zog die Hose widerwillig an, die jedoch zu seinem Erstaunen ausgesprochen gut passte.

Punkt 8.08 Uhr war es dann soweit. Sie bildeten einen Kreis um den Portalstein, zündeten gemeinsam erst die Kerzen, dann die Räucherstäbchen, beteten achtmal das Ritualgebet, fassten sich an den Händen, schlossen die Augen vor den hellen Lichtstrahlen und bemerkten, dass sie sich bewegten.

Ella nahm es ganz suspekt wahr, ihren ersten Portalsprung. Als würde sie schweben und dennoch rasend schnell sein, dabei dann die Augen zu. Kaum zu beschreiben, dieses irre Gefühl.

„Ella, du kannst die Augen öffnen, sagte Mirelle freudestrahlend. Die rothaarige Elfe war sichtlich erleichtert.

„Leute, es hat geklappt." Sagte sie begeistert, während Dragon und Elias, die 30 cm große, überwältigend schöne Elfe, mit offenem Mund anstarrten.

„Hallo, ihr zwei. Alles in Ordnung da oben bei euch?", sagte sie zu den beiden Menschengroßen. „Und Mund zu, sonst fliegen Fliegen rein."

Dragon stammelte: „Ähhhhh, schööön euch zu sehen. Ich bin Dragon, das ist mein bester Kumpel Elias."

„Ich bin Mirelle. Dann haben wir euch den Portalausgang zu verdanken, ausgezeichnet. Vielen Dank. Gut gemacht, Jungs."

Der Rest der Elfenbande, sowie Ella stellten sich vor und obwohl sie sich fremd waren, waren alle höllisch froh, sich zu sehen. Und dass die Portalreise gelungen war.

Wie es weitergeht?
Coming soon.

Epilog

Warum es mir so wichtig war, diesem Buch den Untertitel „Coming out" zu geben.

Coming out bedeutet für mich, mit der Wahrheit herauszurücken.
Es ist wichtig, seine Vergangenheit, die Gegenwart und die Zukunft zu akzeptieren.
Egal, wie gut, schlecht, unangenehm oder wundervoll das Leben verläuft.

Ein „Coming out" mit sich selbst und Anderen zeigt immer den Spiegel der Wahrheit und hilft uns zu erkennen, dass wir nicht Opfer, sondern Schöpfer unseres Lebens sind.

Jeder Tag ist eine neue Chance, die beste Version unseres Selbst zu sein.

Gabriella Goldberg

Danksagung

Mein Dank gilt den handelnden Personen,
Menschen wie Du und ich. Ohne meine
Erfahrungen und Begegnungen mit ihnen wäre
dieses Buch nicht möglich gewesen.

Mein größter Dank gilt Werner R.C. Heinecke.
Als erfahrener Autor, Mitgestalter und Sponsor
dieses Buches sowie Lektor, bin ich unendlich
dankbar, ihn an meiner Seite zu haben.

Und meiner Mutter danke ich von ganzem Herzen,
die mir kostbare Zeit und Ruhe verschafft hat, um
einen Großteil dieses Buches zu schreiben.

Gabriella Goldberg

Buchempfehlung

Lust auf mehr von Ella? Es gibt den Teil 1.

BROKEN DREAMS

Schattenspiele des Glücks

© 2021 Goldberg, Gabriella
Herstellung und Verlag: BoD – Books on Demand, Norderstedt
ISBN: 9783751984256

Überarbeitete 2. Auflage

PROLOG

Liebe ehrlich, lächle echt, sei friedlich und gut gesinnt. Lass dich weitertragen auf der Welle des Lebens und treibe irgendwann ruhig im fließenden Strom Deiner Mitte. So scheint für Dich, egal wo Du bist, immer die Sonne. Denn sie strahlt aus Deiner Mitte heraus. Reden ist Silber, nicht schweigen, sondern Schreiben ist mein Gold. Und wer die Wahrheit nicht verträgt, der sollte dieses Buch lieber nicht lesen.

Gabriella Goldberg

KAPITEL

01

Das erste Mal, 2008

Ella war knapp 8 Monate mit ihrem damaligen Freund zusammen, als es richtig ernst wurde.

Ihr erstes Mal stand bevor. Sie war neugierig wie ein Kind, gespannt wie ein Flitzbogen, aber auch voller Vorurteile von Leuten, die sich bereits auskannten. Dennoch ließ sie es ganz locker auf sich zu kommen, das erste Mal. Das erste Mal Mallorca in Ella´s Leben.

Wie üblich, in all ihren Beziehungen, buchte und plante sie sämtliche Urlaube.
Ella machte es immer eine riesige Freude, schon Monate vorher in Urlaubskatalogen herumzublättern, Unterkünfte und deren Preise und Leistungen zu vergleichen, etwas über die Urlaubsorte zu erfahren und das Beste aus 30 Tagen Urlaub im Jahr herauszuholen. Den ersten,

gemeinsamen Frühlingsurlaub mit ihrer neuen, großen Liebe wollte sie eigentlich auf Sardinien verbringen, jedoch machte ihr der späte Saisonbeginn dort einen Strich durch die Rechnung. Ihre geliebten Kanaren waren mittlerweile viel zu teuer geworden und dem damaligen Trend; Bulgarien sei das neue Mallorca, wollte sie nicht folgen.

Ella nahm sich irgendeinen Katalog aus ihrem Stapel Reisekataloge hervor, schloss die Augen und blätterte blind darin herum, bis sie bei einer Seite haltmachte.
„Mallorca Santa Ponsa Club Hotel"

Die Größe der Appartements gefiel ihr auf Anhieb. Es gab 74 Zimmer, also kein Bettenhochburg-Betonklotz, ganz in ihrem Sinne.
Sie las sich die Preis- und Reisespalte durch und der Preis, bzw. der Rabattdschungel überzeugte sie dann endgültig.
Halbpension für 10 Tage im Appartement, 480 € pro Person, abzüglich 100 € sowie 20 % auf den Reisepreis für Sofort-Früh-Frühbucher bis 25.11.2007. Mist, der war bereits gewesen.
Bis 31.01.2008 gab es den Sofort-Frühbucher-Bonus, immerhin noch 15 % auf den Reisepreis und in ihrer Reisezeit, welch ein Glück, gab es auch noch 10 / 9, das heißt 9 Tage bezahlen, 10 Tage bleiben. Und obendrauf gab es auch noch ein gratis All-Inclusive-Upgrade.

Ella fragte sich schon, wie oder wer bei diesem
Preis überhaupt was daran verdienen würde,
verabschiedete sich dann aber von dem Gedanken,
als sie vor dem Reisebüro ihres Vertrauens stand,
dessen Mitarbeiter sie mittlerweile gut kannten.
Sie freute sich schon sehr darauf, in einigen
Minuten nicht mehr Urlaubsungebucht zu sein für
die erste Jahreshälfte.

Am 22.04.2008 begab sie sich in ein Flugzeug.
Es war der kürzeste Flug in ihrem Leben und die
schnellste Liebe, die Ella in ihrem bisherigen Leben
widerfahren ist.

Ella überflog Mallorca, der Anblick von oben auf
das wunderschöne Eiland und dessen sattes Grün,
hatten dafür ausgereicht, dass Ella das erste Mal
im Leben spürte und begriff, was Liebe auf den
ersten Blick bedeutete.
Ein lautes „ Schalalalala" Gegröle riss sie aus ihrer
Verliebtheit.

Ella schaute rechts rüber, eine Menge gut gelaunter
Kerle sangen klischeehafte Lieder, während der
Eine gleich aussehende T-Shirts verteilte.
Ella schaute sich den Aufdruck an: Jürgens
Junggesellen Abschiedsgeschwader 2008 und sie
hoffte, Jürgen würde seinen Junggesellenabschied
nicht in Santa Ponsa feiern.

Sie genoss die 2 Stunden Transferfahrt mit dem
Bus und war sichtlich beeindruckt von der
Landschaft und der Umgebung Mallorcas.

Es schien hier alles auf einem Fleck zu geben, egal, wen es wohin mit seiner Sehnsucht treibt, jeder könnte hier auf Mallorca wohl ein Plätzchen finden. Das Meer, die Berge, Wälder, lebhaftes Altstadttreiben, verwinkelte Gässchen, abgelegene Bauernhöfe, Fincas oder im Luxus verstrahlte Grundstücke.

All das sah Ella auf ihrem ersten, spannenden Weg quer durch Mallorca, der vom Flughafen nach Santa Ponsa gerade mal 30 KM Luftlinie betrug.

Jedoch mit ihrem Busfahrer dauerte die Fahrt geschlagene 2 Stunden, da er Ella und Partner nicht auf seiner Liste hatte, und sich wunderte, dass sie bei seinem letzten Hotelstopp nicht ausstiegen.

Ella tat ihm kund, dass ihr Hotel in Santa Ponsa sei. Der Busfahrer lachte nur, machte die Musik seines Radios laut und sang mit.

Ella erfreute sich weiterhin an die Gratis-Sightseeing-Tour.

Eine halbe Stunde später erkannte sie, dass sie den Weg bereits lang gefahren sind.

Ihr fiel jedoch erst jetzt das Santa Ponsa Ortsschild auf. Ella schob die Unaufmerksamkeit auf ihre große Müdigkeit.

So war es immer bei Ella, der erste Urlaubstag. Man steht mitten in der Nacht auf, weil die 6 Uhr Flüge ab Hamburg meist am günstigsten sind, fliegt ein paar Stunden und schläft nicht.

Das ist wohl so ein Frauending.
Die Männer von Ella´s Freundinnen können immer
alle bestens schlafen im Flugzeug, aber Ella kennt
keine einzige Frau, die das kann.

Da hängt man nun, endlich in der Sonne, endlich
mal ein Stückchen Freiheit spüren, da man ja
schließlich Urlaub hat.
Und wie fühlt man sich am ersten Urlaubstag;
Müde, kaputt, angeschlagen und am besten motzt
man auch gleich darüber rum, dass es viel zu heiß
ist.

Nun, zu heiß war ihr nicht, an ihrem allerersten
Tag auf Mallorca, aber Ella war müde, kaputt,
angeschlagen und leicht quakig.
Gott sei Dank gab es dagegen eine tolle Erfindung:
die Cocktailbars.
Und am besten geht man nicht in die Bars, wo alle
Cocktails den gleichen Preis haben.   .
Es sei denn, man steht auf Cocktail-
Fertigmischungen aus der Dose.

Ella fand eine gemütliche, verschieden preisige
Cocktailbar, etwa 300 Meter, bergabwärts von
ihrem Hotel entfernt.

Sie setzte sich sofort in den pompösen Hochstuhl,
der aussah wie ein Thron aus geflochtenem Korb.
Ihr Freund schoss ein Foto von ihr.
Es war das erste Foto mit Ella´s Einwegkamera, die
sie obligatorisch immer in ihrem
Urlaubshandgepäck mitschleppte.

Vor ihr stand ein riesiger Cocktail Humpen, ein bunter Tiki Mann, gefüllt mit ihrem geliebten Pina Colada.

Ella fiel bereits am Flughafen der besondere Eigengeruch von Mallorca auf, sie schloss die Augen auf dem Thron, nahm einen Schluck von ihrem Tiki Mann-Cocktail und atmete den gleichen Geruch ein.
Es war so ein wohliges, vertrautes Gefühl, wenn auch sie lange Zeit nicht wusste, wie sie diesen Geruch beschreiben soll.

Heute weiß Ella nur einen einzigen Ausdruck dafür: Freiheit.
Die Freiheit, die sie an ihrem allerersten Tag auf Mallorca spürte und roch, jedoch noch gar nicht kannte. Diese Freiheit sollte sie erst 6 Jahre später kennen und lieben lernen.

3 geleerte Tiki Männer später, gingen sie zurück ins Hotel. Ella´s Freund schnarchte bereits nach 5 Minuten neben ihr ein, als sie sich in das selbst zusammen geschobene Ehebett legten.
Ella überlegte, wie es ihrer Katze wohl geht, und

kontaktierte ihren Bruder, der für 10 Tage das Katzensitten übernahm: „Dicker geht es gut", sagte Ella´s Bruder, „er hat es sich auf meinem Bauch gemütlich gemacht und schnurrt so irre laut, unnormal!"

Sie war beruhigt, dass Dicker in guten Händen war.
Der orange getigerte Fellfreund hatte sich vor 5
Jahren in ihr Leben miaut.
Er war erst 5 Wochen alt, als sie ihn mitnahm.
Er war der, der sich am meisten bemerkbar
machte, als er Ella sah.
Der kleine Kater sprang in seiner kindlichen
Tolpatschigkeit wild umher, miaute und schnurrte
so laut rum, wie sie es noch nie gehört hatte.

Ella nahm ihn mit und hoffte, der Bauer würde
noch alle Katzenbabys loswerden, bevor er den Rest
ertränkt. So war und ist es leider immer noch
üblich in unserer Überflussgesellschaft.
Der praktische Sinn der Mäusefänger auf den
Bauernhöfen wird erkannt und gern gesehen.
Die Fürsorgepflicht und Verantwortung der Tiere
aber ignoriert oder bequem und kostengünstig
entsorgt.

Nach dem Telefongespräch mit ihrem Bruder ließ
sie ihren ersten Urlaubstag auf Mallorca Revue
passieren. Keine Spur vom Ballermann Flair, keine
Schlagersongs, wo sich bei Ella die Fußnägel hoch
kräuseln und sie an ihren Schlaf hindern würden.

Keine volltrunkenen Touri´s, keine Brillenverkäufer,
die an jeder Ecke standen und einen anquatschten.

Sie freute sich auf den nächsten Morgen und war
gespannt, was die Insel noch so zu bieten hatte.
Wie bei Ella üblich, wachte sie an ihrem zweiten
Urlaubstag sehr früh am Morgen auf.

Es ist immer ihre unbewusste, riesige Neugier auf die Sonnenaufgänge, die sie so früh aufstehen lässt oder einfach nur die Angst, dass der letzte Urlaubstag zu schnell vor der Türe steht.

Sie stöpselte ihre Kopfhörer in die Ohren und legte ein Hörbuch in ihrem portablen CD-Player ein, setzte sich raus auf den Balkon und wartete auf den Sonnenaufgang. Die Geburt des neuen Tages, das erste Mal die mallorquinische Sonne aufwachen sehen.

Die ersten Strahlen erreichten Ellas Wangen und es fühlte sich an wie ein leichter, warmer Kuss.
So fühlt sich wohl der Ausdruck „Von der Sonne geküsst" an. Gänsehaut überfuhr sie von Kopf bis Fuß und ein leichter Anflug von Panik. Irgendetwas war anders hier.
Die Sonne schien hier ganz anders als in Deutschland, Schweden, Dänemark, den Kanaren, und auf den griechischen Inseln.
Ella hatte das erste Mal in ihrem Leben ein Gefühl, was ihr bisher fremd war.

Ihr fehlte es an nichts und sie genoss das Hier und Jetzt und war einfach glücklich mit sich und diesem Sonnenaufgang.

Einige Zeit später verschattete es sich vor ihrem Gesicht. Ihr Freund stand vor ihr, wie morgens üblich, mit ausgebeulter Unterhose. Ella pausierte ihr Hörspiel, dessen Hauptfigur gerade knapp dem Tod entkommen war.

„Komm wieder zu Bett", sagte er flehend, „ist doch noch früh."

Ella schaute auf die Uhr und befand, dass es nicht zu früh war. Die Sonne strahlte bereits, das Frühstücksbuffet hatte schon geöffnet. Ihr gierte es nach ihrem geliebten Urlaubsritual am Morgen. Cafe`con leche draußen auf der Terrasse trinken, die Sonne ins Gesicht scheinen lassen und dazu eine Zigarette rauchen. Also machte Ella WSD, Waschen statt Duschen, zog ihre bequeme Lieblingstunika an und ließ ihren Freund mit seinem morgendlichen Zirkuszelt alleine.
Sie atmete das Aroma von dem frischen Kaffee ein, der sie gerade mehr zu befriedigen schien.

Ist wohl eines der vielen Zauberkünste Mallorca´s, der ungeahnt leckere Kaffee.

Später machte sie sich über ihr erstes Frühstücksbuffet auf der Insel her. Ella haute so richtig rein.Toast mit Käse, Spiegelei und nochmal Käse drauf, danach noch eins. Dann noch einen leckeren Obstteller hintendran und wenn es noch passte, ein Croissant mit Marmelade. So machte sie es fast die ganzen 10 Tage lang. Kein Wunder, dass am Ende des Urlaubs drei Kilo mehr an Gewicht auf ihren Rippen waren.
Auch das war bei Ella ein übliches Urlaubsmerkmal.
Kurz vor Ende des Frühstücksbuffets bequemte sich nun endlich auch Ella´s Freund dazu.

Er häufte sich rasch den Teller voll mit dem, was es noch gab, schaufelte es in sich hinein und schüttete sich zum Schluss noch den Kaffee nach. Damals war es Ella völlig entgangen, dass ihre Beziehung nicht wirklich in Gleichklang war.

Nach dem Frühstück spazierten die beiden zum Strand, zum Baden jedoch war es ihr zu kalt. Ella´s Freund ging alleine ins Wasser, während sie sich in den Sand setzte. Ella schaute sich das Wasser an, es war einfach wunderschön. So würde sie die Farbe nennen: Karibisches Meertürkis.

Am 4. Urlaubstag gingen Ella und ihr Freund spontan wandern. Sie folgten einfach dem Küstenpfad, der später etwas waldig wurde und dann überraschend einer Wüstenlandschaft ähnelte.

Ein verwester Geruch stieg ihnen in die Nase, ein stark verwester Hund lag auf einem Hügel, den sie passierten. Er muss schon länger dort gelegen haben, die Haut war schon ledrig zusammengeschrumpft und diverse Insekten-Armeen schienen sich um diese Beute zu streiten. Ein lautes Summ Summ und Gekrabbel war das. Ella kribbelte es beim Anblick am ganzen Körper und wollte schnellstmöglich weiter.

Nach einigen Stunden erreichten sie einen felsigen Pfad, Ella war froh, dass sie das Meer wieder sah und in der Ferne ein Ort zu erkennen war. Sie erreichten den Ort, durch den Küstenweg, der immer schmaler und felsiger wurde. Ella ging etwas langsamer als ihr Freund und sie schaute sich die beeindruckenden Felsformationen vor ihr an.

Sie blieb stehen und schaute auf eine gegenüberliegende Küste. Ganz oben auf dem Hügel befand sich ein kleiner Turm. Ella fragte sich, an welchem Ort sie hier wohl gelandet sind. Sie wollte gerade weitergehen, als sie auf den felsigen Boden schaute. Ein Herz aus Stein, wie aus dem Berg ausgemeißelt, lag ihr direkt zu Füßen.

Sie gingen weiter, bis sie den Strand erreichten. Ein schöner Promenadenweg rundete das Bild ab. Beide waren ziemlich verschwitzt. Ella´s Freund ging wieder alleine ins Wasser. Sie suchte sich derweil einen schönen, schattigen Sitzplatz am Strand. Erblickte eine Pinie direkt an der Promenade. Ihr Stamm war zweigeteilt, ein Teil wuchs in die Höhe, die andere eher waagerecht, wenn auch etwas krumm und schief. Der waagerechte Teil bot (heute immer noch) einen sehr gemütlichen Sitz- und Liegeplatz.

Wieder überkam sie dieses ungewohnte Gefühl der Zufriedenheit, dass es ihr gerade an überhaupt nichts fehlte. Sie schaute sich die Umgebung an und erblickte ein Hochhaus. Ella stellte sich vor, wie es wäre dort im 9. Stock zu wohnen, das müsste ein ziemlich geiler Ausblick von dort oben sein.

Später erkundeten sie den Ort.

Ella kam alles so erschreckend vertraut vor, obwohl sie noch nie dort gewesen war. An der Bushaltestelle fand sie den Namen des Ortes „Paguera".

Sie schlenderten die typisch touristische Einkaufsstraße auf und ab. Ella bekam eine Riesenlust auf eine Pizza, jedoch hatten wenige Restaurants geöffnet und weit und breit gab es keine Pizzeria zu sehen, nicht einmal einen kleinen Pizza-Imbiss.

Wieder erblickte sie das Hochhaus. Diesmal stand Ella direkt davor. „Es Turo" - so heißt also die Wohnanlage. Der Straßenname: Boulevard. Ella musste an das Bild ihrer Mutter denken, welches schon jahrelang bei ihr an der Wand hängt. Wo einstige Hollywood Berühmtheiten gemeinsam, einsam an einer Bar verweilten. Ihr schießt der Titel des Bildes in den Kopf: Boulevard of broken Dreams.

Ein Schatten überkam Ella. Sie schaute in den Himmel. Schwarze Wolken tauchten urplötzlich aus dem Nichts auf und es bildete sich in kürzester Zeit ein gewaltiger schwarzer Wolkenteppich über ihr. Es fing gewaltig an zu regnen, sie winkte das nächste Taxi heran und verließ Paguera.

Die 5 KM nach Santa Ponsa fuhr der Taxifahrer im Schritt-Tempo. Ella beobachtete die Regenmassen, die sich ihren Weg von den Bergen und Hängen

abwärts bahnten und alles mit sich trugen, was ihnen in den Weg schwamm, bis es als braune, schlammige Masse unten ankam und sich weiter ihre Wege in Richtung Meer suchten.
Endstation Meer.
Es schien, als reinige sich die Insel von selbst gerade.

Die nächsten Tage erkundeten sie die Insel weiter.
Sie besuchten, das laut Reiseführer, östliche Gegenstück von El Arenal: Magaluf.

Während abends, da der britische Bär tobt, amüsierte man sich tagsüber in Action- und Showparks oder gut gelungenen Cocktail Pubs.
Ella und ihr Freund entschieden sich, als Erstes das umgedrehte Haus zu besuchen, ein kleiner Familienpark, der für jeden, egal ob groß oder klein, etwas zu bieten hatte.

Gleich zweimal hintereinander ließen sie sich im 4-D-Kino von den interaktiven Sitzen durchrütteln, und lachten nonstop, bis die „Fahrt" zu Ende war.

Ella erinnerte sich, es war wie damals, als sie noch ein Kind war.
Ihr Vater ging immer mit ihr auf den Jahrmarkt.
Am liebsten mochte sie das Fahrgeschäft mit den Mexikanerhüten, so nannte Ella es damals.
Vater und Tochter setzten sich rein, drehten und drehten sich die ganze Zeit, nonstop

bis die Fahrt zu Ende war und kamen aus dem
Lachflash gar nicht mehr heraus.

Nach dem „umgedrehten Haus" landeten sie in der
nächsten sehenswerten Attraktion. Die Black Pearl
Bar. Hammermäßig sah es darin aus, ein
beleuchteter Steg, der über einen Pool führte, bis
hin zur Hauptbar, die aussah wie ein kleiner, alter,
gemütlicher Segelkahn aus dem 18. Jahrhundert.

Die Cocktails und Tapas schmeckten hervorragend
und waren nicht, wie eigentlich typisch, touristisch
überteuert.
Das Einzige, was Ella ärgerte, war, dass sie keine
Badesachen mit dabeihatte. Denn man konnte dort
sogar im Pool schwimmen.

Danach shoppte Ella noch ihre Insel Souvenir
zusammen. Da ein Laden neben dem anderen war,
war der Preiskampf dort ziemlich groß und sie
freute sich über einige Schnäppchen. Zwei
Porzellanwandlöffel, einen für Ella´s Mutter und
einen für sich selbst. Ein großes Badetuch für ihren
Bruder, zwei Keramikkübel zum Hängen für ihre
zukünftigen Schwiegereltern, ein Glückstöpfchen
und ein Aschenbecher für Papa und Biggi.

Am nächsten Tag besuchten sie die Hauptstadt
Palma. Bereits aus der Ferne erblickte Ella die
beeindruckende Kathedrale, dessen künstlerischen
Einfluss von Gaudi´ kaum zu übersehen war.
Der schöne, Flanier anregende Altstadtkern, der die

Kathedrale umgab, sowie die Kutscher mit ihren Pferden, rundeten das Bild ab.

Wieder umgab Ella das Gefühl, der vollsten Zufriedenheit, während sie sich die Mittagssonne auf ihre Sommersprossen schienen ließ. Sie schoss die letzten Bilder mit ihrer Einwegkamera, und sie spürte das erste Mal, das typische flaue Gefühl im Magen.

Zwei Tage noch, dann war der Urlaub zu Ende. Dann würde sie wieder (so weiß sie es heute) auf ihr Hamsterrad steigen, sich wochenlang abstrampeln, bis der nächste Urlaub vor der Türe steht. Bis dahin würde sie Klamotten kaufen, Bars besuchen, Pizza bestellen, ihre Rechnungen bezahlen und ihre oberflächliche Beziehung weiter führen.
Ja, sie würde alles so weiter machen wie bisher.

Buchempfehlung

IM BANN DER ANGST

Kriminalroman-Thriller-Dokumentation

© 2023 Werner R.C. Heinecke

Herstellung und Verlag:
BoD – Books on Demand, Norderstedt.
ISBN: 9783741208140

Prolog

Ich lasse mir die Sonne auf den Bauch scheinen, hebe langsam den Kopf und blicke auf das türkisfarbene Meer dieser fantastischen Bucht. An diesem herrlichen Sommertag habe ich für einige Stunden die Metropole Palma verlassen.

Mein Name ist Ana Ruiz Molana. Ich lebe in Palma und bin in der Finanzwirtschaft tätig für ein großes Wirtschaftsimperium. Der Job beansprucht mich sehr. In meiner Freizeit beschäftige ich mich mit der Historie von Mallorca. Die vielseitige Geschichte der Insel lässt mich nicht los.

Wir Menschen halten uns für die größten Überlebenskünstler auf dem Planeten. Doch in unserem Schatten lebt eine Spezies, die uns dabei übertrifft. Es ist die Familie der Rabenvögel. Sie haben fast auf jeden Flecken dieser Erde ihren Fuß und ihre Flügel gesetzt. Sie beobachten uns seit Jahrtausenden. Haben sich in unsere Köpfe eingenistet, als Todesboten. Viele Geschichten ranken sich um den unheilvoll krächzenden Vogel mit dem schwarzen Gefieder. Er gilt als sehr intelligent und lernfähig. Längst ist er eingetaucht in die vielen menschlichen Abgründe. Auch auf Mallorca.

Mallorca. Vor 500 Jahren.

Anfang des Jahres 1521 begann die bedeutendste soziale und politische Revolte in der Geschichte der Insel. Handwerker und Bauern erhoben sich gegen die Feudalherrschaft und vertrieben den Vizekönig Miguel de Gurrea, der auf Mallorca Spaniens König Carlos I. vertrat.

Der Konflikt nahm zwar 1521 seinen Anfang. Die Unzufriedenheit der Aufständischen hatte sich aber schon in den Jahren zuvor aufgestaut.
Die prekäre Lage der öffentlichen Verwaltung hatte immer mehr als ungerecht empfundene Steuern zur Folge. Da war der anhaltende Konflikt zwischen der Landbevölkerung und dem Bürgertum in der Stadt. Die Unterdrückung verschiedener Volksgruppen im Teilreich Mallorca innerhalb der Krone von Aragon. Die großen Revolten der Jahre 1391 und 1450 brachten keine Lösung. Hungersnot, die Folgen der Pest, verschlimmerten die Lage. Die mallorquinische GERMANIAS war das Ergebnis. Am 07.02.1521 stürmten Handwerker das Gefängnis in Palma, entwaffneten die Wachen, übernahmen in Palma die Macht. Andere Gemeinden schlossen sich an. Auch die Bauern. Nach anfänglichen moderaten Kräften, angeführt von Joan Crespi, übernahm ein 13-köpfiger Rat, der Consell des Tretze. Ziele waren eine Steuer- und Verfassungsreform bis hin zur Abschaffung der Monarchie. Radikale Kräfte übernahmen die Macht, Joanot Colom ließ seinen Amtsvorgänger

festnehmen, sperrte ihn in der „Almundaina" ein, ließ ihn später ermorden.

Es begann ein Bürgerkrieg auf Mallorca. Adelige wurden getötet, Gutshöfe in Brand gesetzt, ein Blutbad wurde in Gang gesetzt. Der Vizekönig Miguel de Gurrea sprach Drohungen aus seinem Exil, von Ibiza, aus. Hart umkämpft war die Felsenburg in Felanitx sowie Alcúdia. Sie hielten Stand, während die Insel immer mehr im Chaos versank.
Kaiser Karl V. schickte 800 Soldaten. Mit ihnen eroberte der Vizekönig Mallorca.
Zuerst in Pollenca, sie zündeten eine Kirche an, wo viele Frauen und Kinder den Tod fanden.

Das später verstärkte Heer schlug die „Germania". Ein Gemetzel mit umgekehrten Vorzeichen brachte die Rückeroberung der Insel. In Haft genommene wurden an den Bäumen der Straße nach Inca aufgeknöpft.
Der Belagerung von Palma folgte die Kapitulation der „Germania" am 8. März 1523. Ihre Anführer wurden öffentlich exekutiert. Der Kopf des Rädelsführers Joanot Colom, ein Hutmacher, wurde nach seinem Exekutieren und der Vierteilung seines Körpers am 3. Juni 1523 knapp 300 Jahre lang an dem Stadttor, der Placa Porta Pintada, in einem Käfig ausgestellt.
Ein Drittel der Bevölkerung starb bei den Auseinandersetzungen oder einer schlimmen Pest im Jahr 1523.

Die Machtgrundlage der Adeligen wurde gefestigt. Viele Familien zementierten ihren Reichtum.

Bestimmten die Geschicke auf der Insel über Jahrhunderte. Einfache Leute verarmten weiter, ehemalige Kämpfer wurden zu Banditen. Die besiegten Rebellen wollten ihre Treue und der Kapitulation gegenüber Kaiser Karl V. Nachdruck verleihen, als die Niederlage unvermeidlich war und feststand. Sie ließen zwei 23 mal 5 Zentimeter große Schlüssel anfertigen. Die goldenen Schlüssel von Mallorca. Wollten diese durch eine Delegation der „Angermanats" dem Kaiser Karl V. schenken. Der „Clau". Seine Form ist kubisch. Trägt das Wappen der spanischen Monarchie und des Königreichs Mallorca. Zwischen Hauptteil und Griffstück befindet sich eine lateinische Inschrift. Sie bekundet die „aufrichtige Treue". Kaiser Karl V. nahm das Geschenk jedoch nicht an.

Wieder in der Gegenwart

Die beiden goldenen Schlüssel, die „Claus" haben eine geheimnisvolle Reise durch die Jahrhunderte erlebt. Wechselten oft den Besitzer. Inzwischen ist einer der beiden Schlüssel auf der Insel. Nach dem 2. Goldenen Schlüssel wird fieberhaft gesucht. Sie sollen der Öffentlichkeit am 08.03.2023, dem 500. Jahrestag der Niederschlagung des Aufstandes präsentiert werden. Aber wo befindet sich der 2. Schlüssel? Wer hat ihn in seinem Besitz? Welches Wissen trägt der Rabe, den ich zu Isabella Santos fliegen sah, unter seinem schwarzen Gefieder? Kennt er ein lange gehütetes Geheimnis? Ich bin fest entschlossen, das Geheimnis zu lüften. Was werde ich entdecken? Gedankenverloren blicke ich hoch. „Oh, mein Gott! Hoffentlich passiert nichts Schlimmes." Meine innere Stimme schrie auf. „Setzt sich mein spannendes und abenteuerliches Leben fort?". Ich begriff, welche Aufmerksamkeit der Rabe auf mich gezogen hat, atmete tief durch, beendete den Sonnenhunger und ging langsam durch den kleinen Kiefernwald, durch dessen Bäume sachte der Wind strich. Mit einem kurzen Abschiedsblick sah ich noch einmal Richtung Strand und Meer und spürte eine gewisse Erleichterung. Zu Hause angekommen griff ich zu einer Flasche Rotwein, entkorkte sie schnell, stellte zwei Gläser dazu und wartete auf meinen Freund.

Ana Ruiz Molana (Model Nadine Brose)

(Foto: Jens Firke)

*Wenn es eine Durststrecke in deinem Leben zu
bewältigen gibt, wünsche ich dir einen guten Freund
an deiner Seite.*

Im August des Jahres 2022

1

Palma

Gesichter tauchten auf. Sie hatten scharfe
Konturen. Eine Stimme um sie herum klang sehr
schrill. Ein großer schwarzer Rabe flog im Nebel des
Tramuntana-Gebirges und setzte zur Landung an.
„Korkk. Korkk." Eine krächzende Folge
unheimlicher Laute wurde deutlich hörbar. Ich
wollte dahin zurück, wo Stille herrschte. Wollte
endlich dem dunklen Schatten entfliehen, denn ich
wusste, ich musste mich eines Tages der Gefahr
stellen. Immer häufiger fragte ich mich: „Was werde
ich finden?" Ich versuchte in meinem Traum zu
bleiben.

Plötzlich ging ein Ruck durch mich hindurch. Eine immer stärker werdende Angst kam in mir hoch. Ich erlebte ein Gefühl, dass mich auseinanderriss. Hatte der schwarze, 62 cm große Rabe, meine Großmutter im Blick gehabt?
Ich hatte den fragenden Blick meiner Großmutter vor Augen. „Wirst du auf die Suche gehen? Auf die Suche nach dem verschwundenen goldenen Schlüssel von Mallorca."

Jetzt war ich angekommen. Hell erleuchtet sah ich den prunkvoll verzierten, vollkommen aus Gold geschaffenen, historischen Schlüssel.
„Forsche in unserer Ahnentafel. Viele deiner Vorfahren haben ihr Leben lassen müssen."

Ich tauchte weiter in meinen Traum ein. Hob das weiche Kissen vom Schoß der Großmutter. Sah das blutdurchtränkte Kleid, der alten Frau. Entdeckte das Messer, das aus ihrem Bauch herausragte. In einer Hand steckte noch, fest umklammert, ein Stück von einem Papier. Meine Gedanken begannen unaufhörlich zu poltern. Vorsichtig nahm ich ein kleines Stück Papier aus den Händen meiner Großmutter, die gerade ihre letzten Atemzüge vollbrachte. „Wer hat dir das angetan?" Mein Ohr, ganz dicht an den Mund der Sterbenden gerichtet, hörte nur noch wenige Worte.
„Finde den Claus!"
„Isabella, ich verstehe dich nicht."

„Ana, du hast geträumt!"

„Ja, es war furchtbar. Der schwarze Rabe flog zu Großmutter. Wartete vor dem offenen Fenster ihres Wohnzimmers."

„Das bringt doch nichts. Ein Traum ist doch keine Wirklichkeit. Es ist nur ein Traum." Mein Freund Guilermo begab sich in die Küche. „Ich zaubere ein leckeres Frühstück. Café con Leche. Tostado Avocado. Hat mein Schatz noch einen Wunsch?"

„Ja, dass du mich ernst nimmst. Wer sagt denn, dass es nur ein Traum war. Ich war vor einigen Tagen bei Isabella Santos. Es ging ihr schon mal besser. Aber sie kam mir verwirrt vor. Auf dem Tisch lagen einige Fotos aus vergangener Zeit."

Guilermo gab mir die Zeitung. „Hier, die Zeitung. Gestern war doch Donnerstag. In der Ausgabe wird vom Fund des goldenen Schlüssels von Mallorca berichtet. Und dass es davon zwei geben soll." Mein Frühstück war nun Nebensache für mich. Ich las den Artikel im MALLORCA MAGAZIN mehrfach durch. War es ein Zufall? Warum träumte ich einen solchen Traum?

„Ich muss noch mal los. Vielleicht weiß ja meine Großmutter etwas über das Geheimnis des goldenen Schlüssels, der noch gesucht wird. Die Familie Santos gibt es schon sehr lange und äußerst merkwürdig, bis heute gibt es noch einige ungeklärte Todesfälle."

„Soll ich dich begleiten, Schatz?"

„Klar, vielleicht nimmst du dann ja die Sache etwas ernster."

Wenig später

Die Tür, zum eher unscheinbaren kleinen Stadthaus von Isabella Santos in Palma, stand einen Spalt offen. Ich hörte ein herzzerreißendes „Miau" von dem kräftigen schwarzen Kater Pedro, sah ihn ins Wohnzimmer laufen und folgte ihm. Er hatte seine grünen Augen aufgerissen, sie funkelten. Schnell entdeckte ich eine große Unordnung. Aufgerissene Schubladen. Ein umgestürztes Regal. Dann sah ich das Unfassbare. Meine Großmutter lag auf den antiken Schreibtisch gebeugt. Mein Freund fasste den Puls der alten Frau. „Sie ist tot. Wer macht denn so etwas? Tötet eine über 80-jährige Frau?" Guilermo Vascas nahm mich in den Arm. „Überlege bitte, warum jemand so etwas tut."

„Kommt da der Agente durch?"

„Sorry."

„Du warst doch Polizistin. Ich glaube, wir haben die gleichen Gedanken. Da hat jemand etwas mitgehen lassen."

„Was gibt es hier? Großmutter war nicht vermögend."

„Vielleicht doch."

„Wir haben nur wenige Minuten, dann müssen wir die Polizei verständigen."

„Los, prüfe du, ob eingebrochen wurde. Ich sehe nach dem Telefon. Hör die letzten Anrufe ab. Suche nach ihrem Handy und den Laptop. Sie hatte so etwas, das weiß ich."
„Isabella Santos hat den Täter oder die Täterin hereingelassen. Es gibt keine Einbruchspuren. Sie muss die Tür geöffnet haben."

„Ja, wahrscheinlich hat sie ihn gekannt. Es gibt keine Kampfspuren. Die blutende Stelle am Kopf deutet auf einen Schlag mit einem schweren Gegenstand hin. Du weißt, stumpfe Gewalteinwirkung."
„Das Handy ist weg. Auch ihre Handtasche fehlt. Der Laptop fehlt. Sie hatte aber einen."

Was ich meinem Freund verschwieg, war, dass ich aus einer Blechkiste einige Fotos eingesteckt hatte. Guilermo Vascas rief die Kollegen der POLICIA LOCAL per Telefon an.

Innerhalb von 15 Minuten waren zwei Streifenwagen vor Ort. Der Tatort wurde gesichert. Etwas später traf die Kriminaltechnik ein und begann mit der Arbeit. Es wimmelte von Polizisten in dem typisch mallorquinischem Stil eingerichteten Haus. Im Patio fand ein Agent eine geöffnete Weinflasche. Zwei benutzte Gläser.

„DNA an den Gläsern? Leider Fehlanzeige. Wir haben aber Spuren im Haus gesichert, gleichen die ab."
„Es kann davon ausgegangen werden, dass sich

Täter und Opfer kannten."

„Die Frau wurde an ihrem Schreibtisch erschlagen. Von hinten."

„Also heimtückisch. Ganz klar. Mordabsicht. Ob vorsätzlich oder spontan? Sie hat auf jeden Fall noch etwas aufgeschrieben. Ein Block und ein Stift liegen noch auf dem Schreibtisch. Aus ihrem Terminkalender wurde eine Seite herausgerissen."

„Sieht ganz nach einem Treffen aus. Etwas hat den Täter dann zu einer solchen Gewalttat veranlasst."

„Auf jeden Fall nimmt die alte Dame ein Geheimnis mit ins Grab."

Ich fragte den Agente, ob es in Ordnung sei, Pedro mitzunehmen. Er erlaubte es und seitdem habe ich nun ein kräftiges Samtpfotenexemplar zu Hause.

Auf der Rückfahrt war das erlebte Geschehen Mittelpunkt der Gespräche zwischen mir und Guilermo. „Als was hat deine Großmutter eigentlich gearbeitet?"

„Großmutter......" Ich stockte, „verflucht, muss ja sagen, war eine intelligente Frau. Sehr belesen. Viele Jahre im Consell Insular de Mallorca tätig. Das ist das Regierungsorgan von Mallorca. Bekannt auch als Inselrat."

„Interessant. Der Inselrat ist doch zuständig für den Schutz des kulturellen, historischen und landschaftlichen Erbes der Insel."

„Also hatte Isabella Santos umfassenden Einblick. Sicherlich war sie in den Jahren in verschiedenen

Positionen tätig."
„Der Inselrat ist eine übergeordnete Instanz.
Kontrolliert die Gemeinden bei sogenanntem
„überregionalen Interessen".
„Dann hat sie direkt neben dem Rathaus gearbeitet.
In dem heutigen Gebäude des Consell befand sich
viele Hundert Jahre übrigens das städtische
Gefängnis. Vom Mittelalter bis in das 19.
Jahrhundert."
„Wovon ist sie eine Zeugin geworden? Mal
angenommen, also die Familie Santos, von denen
waren einige im Gefängnis. Aber warum? Was
haben sie damals verbrochen? Vielleicht waren sie
auch eingekerkert, weil sie ein Geheimnis nicht
preisgeben wollten?"
„Aber du denkst nicht an den
geheimnisumwobenen zweiten goldenen Schlüssel
von Mallorca?"
„Der historische Schlüssel ist sehr wertvoll. Damals
schon, vor hunderten Jahren. Und jetzt sicherlich
zwischen Zehntausend und Hunderttausend wert!"
„Das höre ich jetzt aber als dein Freund. Nicht als
Polizist!"

Ich steigerte mich immer mehr in ein Geflecht von
Vermutungen und Verschwörungen. Wilde
Gedanken hämmerten in meinem Kopf. Ich war fest
entschlossen, auf Spurensuche zu gehen, wollte um
jeden Preis der Welt das Geheimnis um den
geheimnisvollen zweiten Schlüssel zum Königreich
Mallorca auflösen. Führte mich die Suche auch auf
die Spur des Mörders?

Guilermo Vascas setzte mich an der Auffahrt zum Anwesen der Roberos in der Nähe von Muro ab. Ich sah noch von Weitem, wie sich das schwere Tor öffnete. Seit einiger Zeit bin ich für Esperanza Roberos tätig. Eine Multimillionärin, Großgrundbesitzerin und Leiterin eines riesigen Wirtschaftsimperiums.

Das mallorquinische Herrschaftshaus befindet sich auf einem unfassbar großen Grundstück, wenig einsehbar, umgeben von einer bizarren Berglandschaft. Hier residieren seit Jahrhunderten die Roberos. Zu ihrem Besitz gehören unzählige Häuser, Hotels, Restaurants, Bars, Spielhallen, Diskotheken und Bordelle. Millionen kommen herein und vermehren sich gigantisch. Schon dem Vater von Esperanza gelang es auch mit der weitverzweigten Verwandtschaft auf den Inseln der Balearen ein weitreichendes Netzwerk aufzubauen. Verankert in Politik, Kultur, Finanzwesen und der Wirtschaft. Viele Geschäfte am Rande der Legalität. Insbesondere die bandenmäßige Beteiligung im Drogenhandel. Ja, ich gebe zu, ich habe den Roberos damals als Polizistin bei der POLICIA LOCAL in Muro einige Tipps gegeben.

Ich gehe den langen, von Pinien gesäumten, Weg zur Finca. Erinnere mich dabei, an die vielen Besuche in früherer Zeit. Ich war damals als Polizistin in Muro stationiert. Oft standen Ermittlungen an. Meistens verliefen sie im Sande. Staatsanwälte wurden ausgetauscht, Richter verschleppten die angesetzten Prozesse. An dem langen Weg zum angrenzenden Park verharrte ich einen Moment, schaute auf den Wasserfall und setzte mich auf die hölzerne Sitzgruppe. Von Weitem sah ich, wie die immer ganz in Schwarz gekleidete Esperanza Roberos auf mich zukam. Anfänglich herrschte eine Weile Schweigen. Dann, nach einer tiefen Umarmung, die ich als herzliche Begrüßung empfand, kam Esperanza Roberos zur Sache. „Eröffne zwei neue Offshore-Konten. Gibt neue Geldquellen."

Ich hatte verstanden.

Foto: Der im Rathaus von Palma ausgestellte „Goldene Schlüssel zum Königreich Mallorca"

Buchempfehlung

Entdecke das mittelalterliche Mallorca

© 2023 Werner R.C. Heinecke

Herstellung und Verlag:
BoD – Books on Demand, Norderstedt.
ISBN: 9783752887167

Mit diesem Buch möchte ich sie dabei unterstützen, das sogenannte andere Mallorca und damit das vielfältige kulturelle Erbe der Insel zu entdecken. Also, Rucksack packen und auf geht es! Die aufgezeigten Wanderwege führen zurück ins Mittelalter, zu verschiedenen Wach- und Wehrtürmen, Wehrkirchen, Klöstern, Burgen und historischen Plätzen. Das Buch beschreibt Wanderrouten, die mit fantastischen Aussichten und Entdeckungen belohnt werden.
164 Seiten mit 120 Fotos

Inhaltsverzeichnis

Vorwort

Mallorca ist eine magische Insel! Es lohnt sich, die wunderbaren Schätze zu entdecken, die auf der Insel verborgen sind. Oftmals ist es eine Herausforderung, sie zu finden. Verbunden mit leichten, aber auch extrem schwierigen Wanderungen. Allesamt abseits vom Tourismus.

Viele Kulturstätten sind bestimmt auch ihnen bekannt. Sicherlich auch einige, der bis zu neun Meter hohen steinernen Wachtürme, die Torres, die an der gesamten Küste und im Landesinneren errichtet wurden. Einige von ihnen sind gut erhalten, begehbar, sind touristisch attraktiv und gut zu erreichen. Andere sind versteckt, schwer begehbar. Dieses Buch benennt viele Wachtürme, Wehrtürme, Wehrkirchen, Klosterburgen, Ermitas, Castells, Stadtmauern und Stadttore. Es zeigt Wege auf. Beschreibt Wanderungen von mir, auf denen ich meine Entdeckungen machte. Neue Kraft tankte. Es soll inspirieren, in den Regionen und Gemeinden, das andere Mallorca zu entdecken. Sich auf Wanderungen mit wunderschönen Eindrücken und faszinierenden Aussichten zu belohnen. Bezeichnungen, Routendetails, historische Beschreibungen und viele Farbfotos sind im Buch enthalten.

Ich möchte informieren über die Historie der Insel. Die Epoche des Mittelalters. Darüber hinaus zeige ich empfehlenswerte Wanderrouten auf. Das Buch soll ausdrücklich keinen Wanderführer ersetzen und erhebt nicht den Anspruch auf Vollständigkeit. Vielleicht ist es ja ein Anreiz, die Insel zu entdecken. Ich habe viel gesehen und erlebt. Einiges habe ich aufgeschrieben und in zahlreichen Fotos festgehalten. Einige habe ich eingefügt. Ein Bild sagt bekanntlich mehr als Tausend Worte.

Kapitel 1

MALLORCA IST EINZIGARTIG

-Mallorca-

das Wunderwerk Gottes!

Europas Ferieninsel Nummer EINS! Die fast 14 Millionen Urlaubsgäste pro Jahr erwartet eine typisch mediterrane Lebensart. 300 Sonnentage im Jahr. Eine unglaublich vielseitige Natur und Kultur. Die Hauptinsel der Balearen ist im Besonderen für Naturliebhaber sehr attraktiv.
Für Wanderer, Sportler jeder Art, Bergsteiger, Urlauber mit Badefreuden. Millionen Menschen machen die Insel zu ihrem Ziel. Einsame Badebuchten, reizvolle Landschaften, blühende Gärten, lassen sich sehr gut kombinieren. Wilde Schluchten im Tramuntana-Gebirge. 14 Berggipfel über 1000 m. Unzählige Aussichtspunkte, Wachtürme, die typische Landschaftsstruktur mit den Trockenmauern. Das Meer oft in Sichtweite. Etliche Wanderrouten des GR 221 und GR 222 über verwegene Schmugglerpfade, abenteuerliche Klippen. Leichte bis mittelschwere Wandertouren durch Schluchten auf den Spuren von Kalkbrennern, Köhlern, Schneesammlern und Pilgern. Viele neu instandgesetzte alte gepflasterte Pilgerwege, alte Reitwege, Forst- und Wirtschaftswege bieten eine ständige Veränderung zu erholsamen Strand- und Badegelegenheiten.

Ein Mallorca Besuch wird bestimmt allen Ansprüchen von Jung und Alt gerecht.

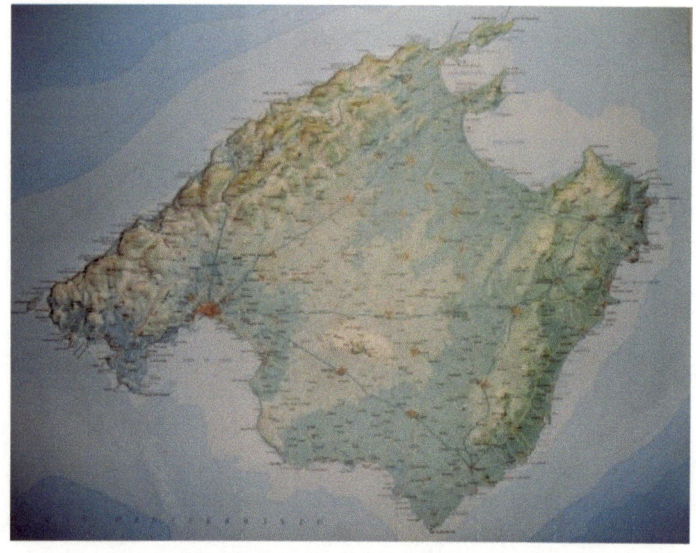

Mallorca, 6 Regionen mit 53 Gemeinden:

Die **Serra de Tramuntana** (Weltkulturerbe), die **Llevant**, die
Ebene **Es Pla**, die Regionen **Migjorn, Raiguer** und die Region
Palma. Die Größe der Insel ist schnell definiert.
Rund 90 Kilometer- und das fast auf jeder Seite in
"Trapezform" der Insel. 3603 km² ist die Fläche der größten der
Baleareninseln.
Die 6 Regionen wollen begangen werden. Mit 30 Gemeinden
habe ich eine Vielzahl der 53 Gemeinden geschafft.
Die Gebirgsregion im Nordwesten, die Serra de Tramuntana.
Fast menschenleer und das bedeutendste Wandergebiet. Im
Südosten die Berge und Hügel der Serra de Llevant.
Dazwischen die eher landwirtschaftlichen Regionen Es Pla,
Migjorn und Raiguer und die Hauptstadt Palma, wo rund 50 %
der ca. 900.000 Einwohner leben.

Vor rund 3.500 Jahren v. Chr. soll die Insel von Einwandern aus Afrika besiedelt worden sein. Typische Turmbauten, auch Taloits genannt, dominieren rund 2000 v. Chr.
Dann, 902 n.Chr. beginnt durch die Eroberung der Araber eine 300-jährige maurische Herrschaft, die 1229 durch die Rückeroberung von König Jaume I. endete. Mallorca blühte wirtschaftlich und kulturell neu auf.

Einige Jahrzehnte war Mallorca unabhängiges Königreich, von 1276 bis 1349. Im 14. und 15. Jh. gab es viele blutige Auseinandersetzungen. Eine Pest-Epidemie reduzierte die Bevölkerung stark. Im 16.-18. Jh. kamen im Zuge des florierenden Mittelmeerhandels Piraten auf die Insel. Viele Kirchen sind aus diesem Grund mit Wehrmauern verbunden.

Der christliche Glaube ist seit dem 5. Jh. auf der Insel präsent. Die Synode von Karthago im Jahr 484 nennt man unter den Teilnehmern den Bischof von Mallorca, Helias.
Es ist der älteste Schriftbeleg für christliches Leben in dieser Diözese. Die Araber auf Mallorca tolerierten die christl. Gemeinden, die von Bischöfen aus Katalonien regiert werden. Zeitweise lebten drei Religionen gemeinsam auf der Insel.

Insbesondere nach der Rückeroberung der Insel von den Mauren gab es eine starke Verbundenheit zur katholischen Kirche. So entstanden auf vielen Hügeln und auch im Tramuntana-Gebirge eine Vielzahl von Klöstern. Selbst kleine Städte und Dörfer bauten verhältnismäßig große Kirchen.

Viele Statuen und Monumente stammen noch aus der Römerzeit. Dokumentierte Pilgerwege und Wallfahrten von vor über 800 Jahren. Prächtige Bauwerke im gotischen Stil. Noch heute ziehen Menschen in Scharen zu den Heiligen Messen auf die Klosterhügel und Wallfahrtskirchen.

Hinweis

Dieses Buch basiert auf tatsächlich erlebten Geschehen. Die Namen der handelnden Personen sind frei erfunden. Eine Übereinstimmung ist rein zufällig.

Ortsnamen, Begriffe und Bezeichnungen, Namen von Geschäften und Lokalen dienen nur zur Orientierung, nicht zu Werbezwecken.

Die Geschichte der Elfen entspringt der Fantasie der Autorin.

Fotos Seite 188, 205, 219, 224:
Werner R.C.Heinecke

Foto Seite 210: Jens Firke

Foto Seite 6: Überarbeitung Miriam Lüdtke

Dieses Buch gehört

....